吴富贵/编著

《伊本·白图泰游记》
在中国

رحلة ابن بطوطة في الصين

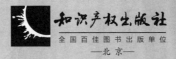

知识产权出版社

全国百佳图书出版单位

——北京——

图书在版编目（CIP）数据

《伊本·白图泰游记》在中国 / 吴富贵编著 . —北京：知识产权出版社，2025. 7.

ISBN 978-7-5130-9699-7

Ⅰ. I416.076

中国国家版本馆 CIP 数据核字第 2024J46Y96 号

责任编辑：张　荣　　　　　　　　　　　责任校对：谷　洋

封面设计：张　欣　　　　　　　　　　　责任印制：刘译文

《伊本·白图泰游记》在中国

吴富贵　编著

出版发行：	知识产权出版社有限责任公司	网　　址：	http://www.ipph.cn
社　　址：	北京市海淀区气象路 50 号院	邮　　编：	100081
责编电话：	010-82000860 转 8109	责编邮箱：	107392336@qq.com
发行电话：	010-82000860 转 8101/8102	发行传真：	010-82000893/82005070/82000270
印　　刷：	三河市国英印务有限公司	经　　销：	新华书店、各大网上书店及相关专业书店
开　　本：	710mm×1000mm　1/16	印　　张：	15.25
版　　次：	2025 年 7 月第 1 版	印　　次：	2025 年 7 月第 1 次印刷
字　　数：	177 千字	定　　价：	68.00 元

ISBN 978-7-5130-9699-7

序　一

中国世界和平基金会李若弘主席

很荣幸能够为《〈伊本·白图泰游记〉在中国》这本新书写篇序言，在此，对这部作品饱含情感和富有经历的创作者中国著名阿拉伯语学者吴富贵教授表示衷心祝贺！这部作品反映了600多年的深厚、悠久的中摩关系，它有力地证明了中国与摩洛哥王国之间的密切关系绝不仅仅停留在官方层面上，并且中摩人民的传统友谊源远流长。而本书作者笔下的《〈伊本·白图泰游记〉在中国》就足以证明这一点，假如没有中摩国际交往史先驱伊本·白图泰到访中国的旅游经历，也就不会有这部作品。通过这本新书我们可以看到，作为钦差大臣的伊本·白图泰，其访华不仅体现在传统文化、思维方式、人际关系方面的交流，也看到了两国间使节、商贾学者、旅游者在来往中许多动人故事。和平合作、开放包容、互学互鉴、互利共赢始终是中摩交往的主旋律。

作为联合国教科文组织官方合作伙伴，我们通过《和苑宣言》，与联合国教科文组织共同构建和推广了"丝绸之路文化互动版图"。摩洛哥是连接欧洲、非洲、阿拉伯国家的地缘纽带，是中国的战略合作伙伴，我们在摩洛哥国王穆罕默德六世访华期间，编著了具有国礼效应的《中摩文化印记》画册，通过两国文化民俗的共同点和相似处展示出传统建筑、烹饪艺术、音乐、服饰、珠宝首饰、茶艺及自然资源的标志性友好互动渠道和发展契机。

国之交，在于民相亲。中摩友好的基础在双方人民，中摩合作的动力同样来自双方人民，而伊本·白图泰和《伊本·白图泰游记》无疑是其中的一种特殊而重要的力量。历史上，《伊本·白图泰游记》曾把中国的物产、科技、文化介绍到欧洲，在中国与阿拉伯国家、东方与西方之间架起一座交流沟通的桥梁。今天，有感于吴富贵教授收集整理近百年间，中国翻译出版《伊本·白图泰游记》的鲜活故事，并著作成书，引经据典，谈古论今，生动描绘了中国译介出版《伊本·白图泰游记》近百年的历史过程，从而在新时代注入新的发展动力和活力。

新书《〈伊本·白图泰游记〉在中国》从介绍中国近百年间翻译出版《伊本·白图泰游记》经历开始，顺着历史的纵轴延伸，又以中国专家翻译出版《伊本·白图泰游记》在中国的出版历史而展开。说此书是一本游记，其内容又远远超出了一般游记文学范畴，犹如介绍一个国家的"百科全书"，读后不但丰富了人文历史和自然地理知识，更对增加国家与国家、人民与人民之间的相互了解与友谊大有裨益。

衷心希望《〈伊本·白图泰游记〉在中国》能成为加深中摩两国人民相互了解的桥梁。行动由认知开始，我想读者如有幸读到《〈伊本·白图泰游记〉在中国》，它可能为您带来新的向往并使您浮想联翩，甚或产生远足遥远非洲大陆摩洛哥王国的冲动，这应该恰恰是此书作者孜孜不倦笔耕的初衷吧。

中国世界和平基金会主席

北京国际和平文化基金会理事长

中摩（伊本·白图泰）友好协会会长

北京和苑博物馆馆长

2024 年 10 月 16 日 于北京

المقدمة الأولى

يسرني ويشرفني أن أقدم بين أيديكم هذا العمل المميز بكتابة "رحلة ابن بطوطة في الصين" مقدمة متواضعة، وأحاول من خلالها التعبير عن خالص الشكر والامتنان لكل من ساهم في إتمام هذا الإنجاز الرائع. كما أقدم تهنئتي القلبية للبرُوفسُور وو فو قوي، العالم البارز في اللغة العربية الصينية، الذي أضفى على هذا العمل خبراته الغنية ومشاعره، ليعكس العلاقة العميقة والعريقة بين الصين والمغرب، التي تمتد لأكثر من 600 عام. ويبرز هذا الكتاب قوة العلاقات الوثيقة بين البلدين، حيث لا تقتصر على المستوى الرسمي، بل تمتد الصداقة التقليدية بين الشعبين الصيني والمغربي إلى العريقة والمستمرة عبر التاريخ.

ومذكرات ابن بطوطة حول "رحلة ابن بطوطة في الصين" تعد دليلاً على ذلك. فلولا تجربته الفريدة بزيارة الصين، هو الرائد الذي شكل حجر الزاوية في تاريخ العلاقات الدولية بين البلدين، لما خرج هذا العمل إلى النور. من خلال هذا الكتاب، نلمس كيف أن زيارة ابن بطوطة للصين، بصفته مبعوثًا إمبراطوريا، لم تؤثر فقط في الثقافة التقليدية وطرق التفكير والعلاقات الشخصية، بل حملت العديد من القصص المؤثرة عن المبعوثين والتجار والعلماء والسياح الذين ربطوا بين البلدين. لطالما كان التعاون السلمي والانفتاح والشمولية والتعلم المتبادل والمنفعة المتبادلة هي الأسس التي بنيت عليها العلاقات المتبادلة بين الصين والمغرب.

بصفتنا شريكا رسميا لليونسكو، عملنا على تعزيز "خريطة التفاعل الثقافي لطريق الحرير" بالتعاون مع اليونسكو من خلال "إعلان خه يوان". ويظل المغرب همزة وصل استراتيجية تربط بين أوروبا، إفريقيا، والدول العربية، وشريكًا استراتيجيا للصين. خلال زيارة صاحب الجلالة الملك محمد السادس إلى الصين، قمنا بتجميع ألبوم ضخم بعنوان "بصمات المغرب الثقافي الصيني" مع آثار احتفالية وطنية، الذي يعكس التراث الثقافي المشترك والتشابهات بين عادات البلدين. من خلال هذا العمل، نسلط الضوء على فرص التفاعل الودي والتنمية في مجالات العمارة التقليدية وفنون الطهي والموسيقى والملابس والمجوهرات وفن الشاي والموارد الطبيعية.

إن الصداقة بين الدول تنبع من علاقات الشعوب، وأساس الصداقة الصينية المغربية قائم على شعبي الجانبين. كما أن القوة المحركة للتعاون الصيني المغربي تأتي من الشعبين. لا ريب فيه أن يلعب ابن بطوطة ورحلته دوراً بارزاً في هذا الصدد، حيث قدم في رحلة ابن بطوطة وصفا للمنتجات والتقنيات والثقافة الصينية، وحتى من الصين إلى أوروبا مما ساهم في بناء جسور التواصل بين الصين والعالم العربي، وبين الشرق والغرب. واليوم، وبإلهام من رحلته، لذلك جمع الخبير وو فو قوي قصصًا حية من قرن من الترجمة الصينية، ونشر "رحلة ابن بطوطة" وقدم عملاً يستشهد بالكلاسيكيات ويناقش الماضي والحاضر. عبر هذا الكتاب تتجلى بوضوح مسيرة الترجمة الصينية لـ"رحلة ابن بطوطة" على مدار قرن، مضيفة حيوية جديدة إلى العلاقة بين البلدين في العصر الحديث.

يبدأ كتاب "رحلة ابن بطوطة في الصين" بتقديم لمحة عن المغرب، ويمتد عبر محاور التاريخ وتجربة ترجمة ونشر "رحلة ابن بطوطة" في الصين خلال القرن الماضي. وإذا سمي هذا الكتاب برحلة فمحتوياته تتجاوز مدى الرحلة العامة إلى حد كبير فأصبح شأنه شأن "موسوعة" صغيرة تعرف بدولة. هذا الكتاب لا يقدم معلومات حول الثقافة والتاريخ والجغرافيا فحسب، بل يعمل أيضًا فوائد كثيرة على تعزيز الفهم المتبادل والصداقة بين الشعوب.

آمل من أعماق قلبي أن يكون الكتاب "رحلة ابن بطوطة في الصين" جسراً يعمق التعارف والتقارب بين الشعبين الصيني والمغربي. فالمعرفة هي البداية لأي عمل، وإن أتيح للقارئ أن يطالع هذا الكتاب، فقد يجد فيه إلهامًا جديدًا ورغبة في استكشاف المغرب، تلك القارة الإفريقية البعيدة. هذه هي الرؤية التي عمل المؤلف بلا كلل لتحقيقها.

الدكتور لي روه هونغ
رئيس صندوق السلم العالمي الصيني
رئيس مجلس الإدارة صندوق الثقافة والسلم الدولي ببكين
رئيس جمعية الصداقة (ابن بطوطة) الصينية المغربية
مدير متحف خه يوان ببكين
16 أكتوبر 2024 م

序 二 [*]

拉贾·埃尔哈娜什馆长

致吴富贵（阿卜杜勒·卡里姆）教授：

  我们真诚地向您给予我们为《〈伊本·白图泰游记〉在中国》一书作序这一宝贵信任和良机表示衷心的感谢和敬意。《伊本·白图泰游记》是全球探险旅游业的象征，您对这一主题的选择，尤为重要，因为在伊本·白图泰身上体现了冒险精神、文化交流和民众之间的和睦相处，他是增进摩中两国人民友好和历史联系的生动典范。

  我们非常荣幸能为这项工作做出贡献，这将在摩中关系史上留

---

 * 原文为阿拉伯文。

下永恒的印记。伊本·白图泰是连接不同文明之间具有生机活力的桥梁，他的著述将有助于巩固两国人民之间的理解和相互尊重的价值观。

《伊本·白图泰游记》一书被认为是记录 14 世纪旅行家生活和经历的最重要史料来源之一。在这部游记中，伊本·白图泰提供了他在访问中国期间的亲历见证和印象深刻的惊人细节，揭示了这个国家丰富的文化内涵和突出亮点。诠释了橄榄城（泉州）亦称刺桐城，该城的港口是世界大港之一，甚至是最大的港口。他发现了一个繁荣安定的国家和在许多领域精于劳作的民众，他称中国人民是最伟大的人民和最精明的工业制造者，他青睐中国出口到世界各地的丝绸和陶瓷制品，他对中国在绘画艺术技巧方面的出色表现印象深刻。他描绘中国人在从事买卖时用纸币进行交易的情形，高度赞扬了这个国家的社会治安，他说，"在中国旅行是最安全不过的，中国是世界上最安定的国度"。他访问过当时最著名的城市，到访过穆斯林社区，会见了当地社区的著名教长。

伊本·白图泰之旅标志着摩洛哥和中国之间文化关系和商业往来的开始，这种关系起源于古老的丝绸之路。他因游记使两种文明产生了重大影响，由此伊本·白图泰为摩洛哥和中国之间的相互了解和文化交流打开了大门，这为跨越地理边界连接两种伟大文化的外交关系铺平了道路。

通过探索这种关系的细节，读者可以理解人民之间交流与合作的重要性，纵观历史，借以号召和鼓舞国民，以激发和描绘国家间现代关系的愿景。因为这次旅行仍然是东西方关系的生动见证，也是摩洛哥和中国之间悠久外交历史的开始，并为理解与合作打开了大门，其深远影响至今有目共睹。

下面我们想向您简要介绍一下摩洛哥丹吉尔伊本·白图泰博物馆。

丹吉尔港市古城修复计划是摩洛哥国王穆罕默德六世陛下为保护被称为"布加斯之都"的历史遗迹和文化遗产而给予的高度重视和支持的成果,是摩洛哥皇室雄心、意志与远见的见证。其精准地坐落在各路海运航线的交汇点,承载着重要的海运和悠久历史文化传播职能。

该计划符合丹吉尔市区再就业项目的目标,丹吉尔城区再就业公司于 2022 年 2 月在丹吉尔古城纳姆塔开放了经过修复后的伊本·白图泰博物馆。该馆包括以下内容:

- 介绍展示摩洛哥在公元 14 世纪的历史背景:马林王朝时代。
- 展示伊本·白图泰生平:生卒年、大事年表、图片和影响力。
- 旅行地图(出发日期:1325 年;旅行时间:29 年;访问国家数量:38 个国家;行程公里数:超过 10 万公里;回国日期:1354 年)。
- 展示伊本·白图泰三次旅行的时间表。
- 《伊本·白图泰游记》原著:伊本·白图泰口述,伊本·朱甾的笔录背景,各种语言的《伊本·白图泰游记》版本、手稿。
- 14 世纪伊本·白图泰会见过的著名政治、宗教人物和皇后。
- 交通工具:骆驼、马、船、车辆、导航仪器(印度星盘)。
- 此外,该遗址的重新开放和被游客誉为旅游胜地的丹吉尔古城伊本·白图泰陵墓的修复,都将视为对伊本·白图泰这位世界著名丹吉尔历史名人的无限崇敬。

伊本·白图泰是伟大的人物,也是摩洛哥大旅行家和探险家,这个博物馆有助于丰富丹吉尔的旅游和文化展示,提升"软实力"增强摩洛哥在国际层面上的吸引力。

自开放以来,这个博物馆已成为向学生介绍伊本·白图泰历史和丹吉尔历史遗产的公共记忆空间。同时丹吉尔还吸引了来自许多国家的国际游客及代表团。

在介绍这本书时，我们对中国作家、中国中东问题专家吴富贵（阿卜杜勒·卡里姆）教授表示敬意和感谢，他为丰富这项工作做出了贡献。通过他睿智的见解和分析，使我们对伊本·白图泰游记的理解得到加强，同时加深了我们对中摩关系历史的深入了解。

请接受我们诚挚的敬意和谢意！

拉贾·埃尔哈娜什

丹吉尔港口城市文化项目负责人

伊本·白图泰博物馆馆长

2024 年 10 月 31 日

（原文）

المقدمة الثانية

إلى السيد الدكتور وو فو قوي عبد الكريم،

نود أن نعرب لكم عن خالص الشكر والتقدير لثقتكم الغالية في منحنا فرصة كتابة مقدمة كتابكم عن رحلة أبو عبد الله محمد بن عبد الله بن محمد اللواتي الطنجي المعروف بابن بطوطة، الذي يعد رمزاً عالمياً في مجال السفر والاستكشاف. إن اختياركم لهذا الموضوع له أهمية خاصة، بما تجسد هذا الرحالة من روح المغامرة والتبادل الثقافي والتقارب بين الشعوب، فهو شخصية مثالية لتجسيد وتعزيز الروابط التاريخية والودية بين الشعبين الصيني والمغربي.

إنه لشرف كبير لنا أن نساهم في هذا العمل، الذي من شأنه أن يترك بصمة أبدية في تاريخ العلاقات الصينية المغربية. فابن بطوطة كان جسراً حياً بين مختلف الحضارات، وكتابكم هذا سيساهم في ترسيخ قيم التفاهم والإنفتاح والاحترام المتبادل بين الشعبين.

كتاب رحلة ابن بطوطة يعتبر أحد أهم المصادر التاريخية التي توثق حياة الرحالة وتجارب في القرن الرابع عشر. في هذه الرحلة، يقدّم ابن بطوطة تفاصيل مذهلة عن مشاهداته وانطباعاته خلال زيارته للصين، كاشفاً عن ثقافة هذا البلد الغنيّة ومعالمه البارزة، حيث حل بمدينة الزيتون التي يعتبر مرساها من أهم مراسي الدنيا وأعظمها، حيث اكتشف بلدا مزدهرا وشعبا ماهرا في العديد من المجالات، وقال أنهم أعظم الأمم إحكاما للصناعات وأشدهم إتقانا لها، وفتن بفنهم الخزفي وأعمالهم الحريرية التي يصدرونها إلى جميع أنحاء العالم، وأعجب كثيرا ببراعتهم في فن الرسم، وتعاملهم في البيع والشراء بأوراق نقدية من الورق، وأثنى ثناءً عظيما على الأمن في البلاد، وقال أنها أحسنها حالا للمسافر، وزار أهم مدنها في ذلك الوقت والتقى فيها بجالية المسلمين، واستضافه كبار أعيانها.

تشير رحلة ابن بطوطة إلى بدايات العلاقة الثقافية والتجارية بين المغرب والصين، وهي علاقة ذات جذور قديمة تنامت عبر طريق الحرير، وأثرت في الحضارتين بشكل ملحوظ. بفضل رحلته، فتح ابن بطوطة الباب أمام التبادل الثقافي والمعرفي بين المغرب والصين، ممهداً بذلك الطريق لعلاقة دبلوماسية تجاوزت الحدود الجغرافية لتربط بين ثقافتين عظيمتين.

من خلال استكشاف تفاصيل هذه العلاقة، يمكن للقارئ فهم أهمية التواصل والتعاون بين الشعوب، ورؤية كيف يمكن للتاريخ أن يلهم العلاقات الحديثة بين الدول، إذ تبقى هذه الرحلة

شاهداً حياً على الروابط التي جمعت بين الشرق والغرب، وعلى بداية تاريخ دبلوماسي عريق بين المغرب والصين وفتحت أبواب التفاهم والتعاون التي لا تزال آثارها ملموسة إلى يومنا هذا.

و بهذه المناسبة نود ان نقدم لكم نبذة عن فضاء عرض ذاكرة ابن بطوطة بمدينة طنجة المغرب:

في إطار برنامج تأهيل المدينة العتيقة لطنجة الذي يعد ثمرة الرعاية السامية التي يوليها صاحب الجلالة الملك محمد السادس نصره الله وأيده للحفاظ على الموروث التاريخي والثقافي لعاصمة البوغاز وتماشيا مع أهداف مشروع إعادة توظيف المنطقة المينائية لطنجة المدينة، قامت شركة التهيئة لإعادة توظيف المنطقة المينائية لطنجة المدينة بفتح فضاء عرض ذاكرة ابن بطوطة ببرج النعام بالمدينة العتيقة بطنجة، شهر فبراير 2022، وذلك بعد ترميمه وتهيئته.

ويتضمن هذا الفضاء المحتويات الآتية:

✓ تقديم عرض حول السياق السياسي بالمغرب خلال القرن الرابع عشر ميلادي: العصر المريني.

✓ عرض السيرة الذاتية لابن بطوطة: أصوله، تكوينه، صورته وتأثيره.

✓ خرائط السفر (تاريخ انطلاق رحلاته: 1325، مدة السفر: 29 سنة، عدد الدول التي تمت زيارتها: 38، عدد الكيلومترات المقطوعة: اكثر من 100000 كلم، تاريخ الوصول: 1354

✓ عرض زمني حول الرحلات الثلاث لابن بطوطة.

✓ كتاب "رحلة": سياق كتابته من قبَل ابن الجوزي كاتب ابن بطوطة، نسخ من كتاب رحلة بلغات مختلفة، مخطوطات.

✓ الشخصيات السياسية، الدينية والإمبراطورات الشهيرة التي قابلها خلال القرن الرابع عشر.

✓ وسائل النقل: الإبل، الخيول، القوارب، العربات، أدوات الملاحة.

كما أن افتتاحه في حلته الجديدة فضلا عن ترميم قبر ابن بطوطة بالمدينة العتيقة بطنجة الذي يعتبر مزارا للسواح يمكن اعتبارهما تكريما لهذه الشخصية الطنجوية المشهورة عالميا بابن بطوطة، الشخصية العظيمة والرحالة المغربي الكبير والمستكشف، كما ساهم هذا الفضاء في إغناء العرض السياحي والثقافي لمدينة طنجة والرفع من جاذبيتها على الصعيدين الوطني

والدولي.

كما أصبح هذا الفضاء، منذ افتتاحه، بالنسبة للتلاميذ ملتقى للتعريف بتاريخ ابن بطوطة والتراث التاريخي لمدينة طنجة. كما يستقطب أعدادا هامة من الزوار والسياح وكذا وفودا وطنية ودولية.

وإذ نقدم هذا الكتاب، فإننا نُعرب عن شكرنا وتقديرنا للكاتب الصيني والخبير في شؤون الشرق الأوسط الصيني **الدكتور وو فو قوي عبد الكريم** الذي أسهم في إثراء هذا العمل، بإضافة رؤى وتحليلات تعزز فهمنا لرحلة ابن بطوطة وتعمق معرفتنا بتاريخ العلاقات بين المغرب والصين.

وتقبلوا خالص تقديرنا و شكرنا.

السيدة رجاء الحناش
مسؤولة عن المشاريع الثقافية بميناء طنجة المدينة و فضاء عرض ذاكرة ابن بطوطة.

Mme Rajae EL HANNACH

Project Manager - cultural Project

And EXHIBITION SPACE OF THE MEMORY OF IBN BATTUTA

序 三[*]

穆赫辛·法尔加尼博士

在隆重纪念中摩建交 66 周年的日子里，我们期待已久的《〈伊本·白图泰游记〉在中国》一书终于问世了。这不仅是中摩关系、中阿关系乃至中非关系发展史上的一件大事，而且是献给各国人民的一份厚礼。

伊本·白图泰是中世纪大旅行家中的佼佼者。《简明不列颠百科全书》就曾给予他高度评价，说他是"在蒸汽机时代以前无人超过

---

* 原文为阿拉伯文。

的旅行家"。

1304 年 2 月 24 日生于摩洛哥丹吉尔的伊本·白图泰是中世纪享誉阿拉伯世界的一位旅行家，东方历史学家称他是"阿拉伯大旅行家"，而西方人则称他为"旅游王子"。1378 年，伊本·白图泰逝于非斯古城。

伊本·白图泰是公元 14 世纪就到访过中国的一位杰出的阿拉伯旅行家，因为他曾经参观游览过泉州、杭州、广州和元大都（北京）等大城市，并在中国居住了一年，所以"伊本·白图泰"这个名字对于中国人民来说并不陌生。这期间，他把所见都熟记于心，并把中国介绍给摩洛哥人民，因此，伊本·白图泰早在 600 多年前便率先架起了首座中国和摩洛哥之间互访交流的桥梁，我们也为拥有这样一位曾为增进摩中人民之间友谊的使者而感到骄傲与自豪。

据史籍记载，伊本·白图泰的三次旅行遍及亚、欧、非三大洲。其行程 12 万千米，在将近 30 年的时间里，遍访了 30 多个国家和地区。在此期间，他分别从政治、经济、文化、社会、城市、景观、民风、民俗等方面对这些国家进行了实地考察，并牢记在心中。1354 年，伊本·白图泰完成了最后一次旅行回到非斯城，马里那国苏丹艾布·阿南盛情接见了他。同时这位苏丹又差遣王宫里一位作家伊本·朱甾笔录了伊本·白图泰的所见所闻，写成这本名为《伊本·白图泰游记》的手抄本。这部手抄本被译成 30 多种译本在世界各地发行，原稿至今还存放在拉巴特皇家图书馆书库中。这位大旅行家和他的游记被公认为是与意大利著名旅行家马可·波罗及其游记并驾齐驱，是研究 14 世纪三大洲社会人文情况的权威人士和著作。《伊本·白图泰游记》是读者和研究人员了解关于公元 14 世纪中国状况和伊本·白图泰旅行路线最确切的来源。此外，这部著作的科学价值也很高，因为第四章中记载了有关船只、陶器制作、纸币、买卖交易、旅店、道路交通等方面的详细信息。

伊本·白图泰的旅程是他史诗般的人生旅程的一部分，他在东西方之间架起了一座桥梁，这使世界各地的读者受益匪浅，甚至可以说，这对塑造欧洲人和西方人看待亚洲，尤其是中国的方式都产生了深远影响。作为一名中国语言和文化的研究人员，我认为伊本·白图泰的旅行是阿拉伯文明和中国文明之间人文交流和互动道路上最重要的历史标志之一，这不仅是因为它给我们带来了对公元14世纪东亚社会的了解，而且还因为它激发了我们了解中国并寻求旅行之路的动力。

因此，我认为，我们亲爱的朋友吴富贵教授撰写的题为《〈伊本·白图泰游记〉在中国》的这本新书，增加了读者对伊本·白图泰这位古代阿拉伯旅行者的了解，拓宽了对阿拉伯文明和中国文明之间交流的历史解读的视野，并揭示了学术研究对中阿之旅的关注，这定会吸引两种文化的研究人员对中阿历史交流关系中其他经验的关注。例如，中国（明朝）航海家郑和七次远航，最远抵达阿拉伯半岛和东非沿岸。我真诚地相信，吴富贵教授的这本新书证实了伊本·白图泰之旅的价值，我们在学术研究和公共利益领域已看到了这一价值。因为通过这本新书，我们站在我的朋友吴富贵教授的角度来看，并跟随他循着伊本·白图泰曾经走过的古老道路，再次进行了一次世界之旅，新的旅程将这条古老道路上的历史记忆与东西方之间的交往再次联系起来，从而为探索古代沟通方式的重要性提供了一个新的补充，这些沟通方式在现在和未来仍然有效，成为阿中友谊的桥梁和纽带。

可以说，这本新书是一项重要的学术研究成果，此外，这是另一次与伊本·白图泰游记同等重要的虚拟旅行。在此，值得提及的是，吴富贵教授阅历丰富、著述颇丰、精通阿拉伯语，是一位曾常驻中东阿拉伯国家大使馆的资深外交官，多年与阿拉伯世界打交道，西亚、北非等阿拉伯国家都是其职业生涯的重要站点，他在中国阿拉伯语界和非洲国家游记文学领域都有一定的知名度和影响力。

我相信，我们的朋友吴富贵教授长期以来在外交领域的经验、他对阿拉伯语的掌握、他在学术研究领域的素养、他对中东问题的研究和他对阿拉伯国家的情怀以及具有的旅游文学和文献方面的知识，都将有助于我们深度了解阿中关系发展。除此之外，我认为我们面前的是一位当代中国旅行者，因为他拥有古代旅行者所没有的科学素养和知识，无论是在中国、阿拉伯地区还是世界，他的作品都是普通读者和专业读者的重要参考资料。借此机会，我向他表示衷心的祝贺和问候，感谢他为编著这本新书所做出的努力，赞赏他对阿中友谊事业的辛勤付出和真诚挚爱。

穆赫辛·法尔加尼博士

埃及艾因夏姆斯大学中文系教授、埃及最高文化理事会翻译委员会成员、埃及国家翻译中心中文专家组成员、埃及著名汉学家和翻译家、中国阿拉伯友好杰出贡献奖获得者、中华图书特殊贡献奖获得者

2024 年 9 月于埃及开罗

（原文）

المقدمة الثالثة

الأستاذ الدكتور محسن فرجاني

مقدمة مهداة إلى الأستاذ الدكتور/ وو فوقوي، مؤلف كتاب "رحلة ابن بطوطة في الصين"

* * *

بمناسبة الاحتفال الكبير بالذكرى السنوية السادسة والستين لإقامة العلاقات الدبلوماسية بين الصين والمغرب تم إطلاق نسخة الكتاب الجديد "رحلة ابن بطوطة في الصين"، وهو الكتاب الذي طال انتظاره، فضلاً عن أنه أحد العلامات البارزة في تاريخ العلاقات بين الصين والمغرب، بل في تاريخ العلاقات الصينية الإفريقية، ومن ثم فهو بمثابة الهدية الثمينة للشعبين الصيني والمغربي.

كان ابن بطوطة أحد كبار الرحالة في العصور الوسطى، وقد أشادت به الموسوعة البريطانية الموجزة بشدة، وقالت عنه إنه مسافر لا مثيل له قبل عصر المحرّك البخاري.

وابن بطوطة هو أشهر الرحالة العرب في القرن الرابع الميلادي، كان قد ولد في سنة 1304 بمدينة طنجة في المملكة المغربية، يسمّيه المؤرخون الشرقيون جوّالة العرب، بينما يُطلق عليه الغربيون أمير الرحلة، توفي سنة 1378 في مدينة فاس القديمة.

من المعلوم أن ابن بطوطة هو أحد أشهر الرحالة العرب ممن زاروا الصين في القرن الرابع عشر الميلادي، لذلك فإن اسم ابن بطوطة ليس غريبًا بالنسبة للشعب الصيني، لأنه كان قد وصل الى الصين وأقام فيها عدة سنوات حيث زار كثيرًا من مدنها الكبيرة وتفقد بدقة المجتمع الصيني في تلك الفترة التاريخية على كافة النواحي وسجل كل ذلك في ذاكرته. ويمكن القول إن ابن بطوطة قد بنى أول جسر لربط الصداقة المغربية الصينية قبل أكثر من 600 سنة من ثم فإننا نفخر بهذا الرحالة العظيم والسفير الشعبي للصداقة المغربية الصينية.

لقد سجل التاريخ أن ابن بطوطة قام بثلاث رحلات عبر القارات الثلاث (آسيا وأوروبا وإفريقيا) قاطعًا أكثر من مائة عشر ألف كيلو متر وزار أكثر من 30 دولة وإقليما خلال 30 سنة

(1354—1325). حيث تفقد وتطلع على أوضاع هذه الدول والأقاليم من النواحي السياسية والاقتصادية والثقافية والحياة الاجتماعية وملامح المدينة وعادات الشعب، وسجل كل ذلك في ذاكرته بأمانة ودقة. عاد ابن بطوطة إلى فاس في سنة 1354 بعد آخر رحلة له حيث قابله سلطان الدولة المرينية أبو عنان، بحفاوة وكذلك كلف هذا السلطان كاتب قصره ابن جزي تسجيل ما يقصه ابن بطوطة عن مشاهداته التي وعاها بصريًا وسمعيًا خلال رحلاته الطويلة حتي دون كل هذا في الكتاب التاريخي الكبير وهو "تحفة الأنظار في غرائب الأمصار وعجائب الأسفار" وقد ترجم هذا الكتاب إلى 30 لغة وانتشر في العالم، أما نسخته الأصلية فباقية حتي اليوم في خزانة الكتب الملكية بالرباط، ويعتبر هذا الكتاب الكبير مرجعا قيما وأمينا للبحث في أحوال مجتمع دول القارات الثلاث المذكورة في القرون الوسطى وبفضل هذا الكتاب صار ابن بطوطة كبير الرحالة يتباهي ويتبارى مع الرحالة الإيطالي المشهور ماركو بولو. ومن المعروف أن ابن بطوطة وماكو بولو كلاهما من الرحالة المشهورين، لكن زمن رحلة ابن بطوطة والمسافة التي قطعها أطول من الأخير وعدد الدول التي زارها ابن بطوطة أكثر من الأخير أيضا. ويُعدّ كتابه في الرحلة إلى آسيا أوثق مصدر للقراء والباحثين في أحوال الصين وطرق الرحلة إليها أثناء القرن الرابع الميلادي، فضلا عن قيمته العلمية حيث احتوى الفصل الرابع على معلومات وافية عن أحوالها ومراكبها وصناعة الفخار فيها ونقودها الورقية ومعاملات البيع والشراء بها والرقابة على الفنادق وحفظ الطرق، مع الإشارة إلى كثير من الوقائع والأحداث التي صادفها في طريقه والتوثيق التاريخي لها.

رحلة ابن بطوطة كانت جزءًا من مسيرة حياته الملحمية لبناء جسر بين الشرق والغرب وقد أفاد منها القراء في أنحاء العالم، حتى يقال إنها كانت ذات أثر في تشكيل الطريقة التي تطلع بها الأوروبيون والغربيون إلى آسيا بشكل عام، والصين بشكل خاص. أما عن نفسي، وبوصفي أحد الباحثين في اللغة والثقافة الصينية، فأعتبر أن رحلة ابن بطوطة إحدى أهم المعالم التاريخية في طريق التبادلات الشعبية والتفاعل المتبادل بين الحضارتين العربية والصينية، ليس فقط بفضل ما نقلته إلينا من معرفة بأحوال شرق آسيا في القرن 14 الميلادي بل بفضل ما أثارت فينا من حافز لمعرفة الصين والتماس طريق السفر والرحلة إليها.

من هنا، فأنا أرى أن الكتاب الذي وضعه صديقنا العزيز الأستاذ الدكتور/ ووفو قوي، بعنوان "رحلة ابن بطوطة في الصين" يزيد القارئ معرفة بالرحالة العربي القديم ويوسّع آفاق المطالعة التاريخية لجهود التواصل بين الحضارتين العربية والصينية، ويساعدنا على معرفة

تطور الرحلة العربية الصينية، بما قد يجنب إلى دائرة الضوء اهتمام الباحثين في كلا الثقافتين بتجارب أخرى في علاقات التواصل التاريخي العربي الصيني، مثل الملاح الصيني "تشنغ هه" حين قام بالإبحار الى المحيط الهندي سبع مرات، ووصل إلى شبه الجزيرة العربية وساحل شرق أفريقيا بشكل أقصى. وأعتقد بكل صدق أن كتاب البروفيسور/ ووفوقوي، يؤكد على قيمة هذه الرحلة العربية القديمة التي قام بها ابن بطوطة، وهي قيمة نلمس أثرها في مجال البحث العلمي وميدان الاهتمام العام، ذلك أننا بهذا الكتاب نقف أمام رحلة أخرى قام بها الصديق الأستاذ / ووفو قوي وهو يسلك الطريق القديم الذي سلكه ابن بطوطه؛ لكي يربط الذكرى التاريخية للرحلة بالواقع الجغرافي ذي القيمة المتجددة للطريق القديم بين الشرق والغرب، وبالتالي فهو يقدّم إضافة جديدة لاستكشاف أهمية طرق الاتصال القديمة التي مازالت صالحة لدعم أواصر الصداقة العربية الصينية في الوقت الراهن، وفي المستقبل أيضًا.

هذا الكتاب بحث علمي مهم، بالإضافة إلى أنه رحلة افتراضية أخرى لا تقل أهمية عن رحلة ابن بطوطة، خصوصًا أن البروفيسور/ وو فو قوي دبلوماسي عريق، يعرف كثيرًا من أحوال الشرق الأوسط وإفريقيا ويجيد اللغة العربية، وكان لفترة طويلة دبلوماسيًا مقيمًا دائمًا في السفارات الصينية لدى كثير من دول المنطقة العربية، حتى صار الآن خبيرًا في قضايا الشرق الأوسط بحكم جهوده البحثية في العلاقات الصينية العربية، بل إنه خبير كذلك في الشأن الإفريقي وله أبحاثه في سوسيولوجيا التراث الثقافي الوطني الإفريقي. فنحن إذن مع كتابات أستاذ ودبلوماسي ومتخصص في الدبلوماسية الثقافية الإنسانية للدول العربية، وأدب الرحلات في الدول العربية وإفريقيا.

أثق أن خبرة صديقنا الأستاذ ووفو قوي، لفترة طويلة في المجال الدبلوماسي وإتقانه للعربية ودأبه ومثابرته ومطالعته في مجال البحث العلمي واهتمامه بقضايا الشرق الأوسط وأدب الرحلات والوثائق سيفيدنا في الاطلاع على جوانب معرفية مهمة من مسيرة العلاقات العربية الصينية، وفضلا عن هذا كله فأنا أعتقد أننا أمام رحلة صيني معاصر، يملك بالعلم والمعرفة مالم يكن يملكه الرحالة القدماء، بحكم أنه يُعدّ أول عالم صيني في الوقت الراهن قام بالكتابة عن الرحلات في جمهورية السودان الشقيق، مما يجعل من كتاباته مادة مفيدة للقارئ العام والمتخصص، سواء في الصين أو المنطقة العربية أو العالم كله. وأنتهز هذه الفرصة لكي أتقدم له بالشكر على ما بذله من جهد في وضع هذا الكتاب. وتحية من القلب بكل الحب والتقدير للصداقة العربية الصينية.

وتحية مخلصة للأستاذ الدكتور مؤلف الكتاب، فتفضلوا يا حضرة البروفيسور/ وو فو قوي

المحترم بقبول صادق عبارات التقدير.

الدكتور محسن فرجاني

أستاذ اللغة الصينية، جامعة عين شمس، مصر، عضو الهيئة الاستشارية بالمركز القومي

للترجمة في مصر، وعضو لجنة الترجمة بالمجلس الأعلى للثقافة (سابقا) وعضو الجمعية

المصرية للأدب المقارن باتحاد الكتاب المصري، وقد فاز بجائزة المساهمة المتميزة للصداقة

الصينية العربية، فضلاً عن فوزه بجائزة المساهمة الخاصة في الكتب الصينية

القاهرة في سبتمبر 2024

序 四[*]

福阿德·加兹尔博士

此时，我很荣幸能在这本优秀的著作中留下墨迹并写下这篇序言。这部著作归纳总结了摩洛哥旅行家伊本·白图泰到访中国之后，摩洛哥王国与中国自 14 世纪以来两国外交关系的延续和发展。

摩洛哥著名旅行家伊本·白图泰被称为中世纪促进东西方文明和文化对话卓有成效的杰出人物之一，尤其是他在 14 世纪初期访问了包括中国在内的许多国家之后，详细地描述了这些国家的宗教、经济和社会生活，为传播这些国家文化和民族形象做出了贡献。因

---

　　* 原文为阿拉伯文。

为他对中国的访问将中国的有关信息带到了伊斯兰世界，同时亦将伊斯兰世界的有关文化和习俗也传播到了中国，从而有助于增进阿中之间的相互了解。这种文化交流为阿中文明搭建起相互沟通的桥梁，实现了相互理解与欣赏。

此外，伊本·白图泰通过将自己旅行时在中国看到的工艺、习俗、传统和技术方面的描述，为知识的传播做出了贡献，从而丰富了伊斯兰世界读者对中国的了解，加强了两种文明之间知识和文化的沟通。这种文明对话，不仅是信息的传递，更是一种至关重要的文化交流，对双方都有益，使之成为两种文明之间进行对话的延续。

《伊本·白图泰游记》被认为是阿拉伯文明和中国文明之间民间交流、互学互鉴的生动范例，说明这部游记在阿拉伯国家和中国之间开展知识与文化传播方面起到了重要的作用。

摩洛哥王国与中国之间的历史关系，可追溯到几个世纪前，伊本·白图泰在他著名的游记中为这段历史留下了鲜明的印记。游记在人文交流中发挥了重要作用，直接或间接地促进了中世纪国家和地区之间的沟通与交往。

旅行家伊本·白图泰非常重视跨国人文交流，在元朝末期，他对中国的访问堪称摩中关系史上的重要事件，同时在阿中关系史上也是一个特别重要的事件。我们从他的游记中发现了许多他访问过的中国各地城市的社会状况和文化习俗等方面有价值的信息。游记详细记录了当时的中国特色，特别是对元朝时期在华外国人充分享有宗教信仰开放政策赞誉有加。伊本·白图泰在游记中表达了许多在元朝时关于东西方文化交流的个人感受。《伊本·白图泰游记》是摩中文明交流史研究人员参考文献的重要来源，也是双方发展友好关系的重要见证。

伊本·白图泰在中国期间，通过他对中国城市的观察和游览，为我们详细描绘了中国民众的生活状况及他们的一些传统习俗。在谈及这些时，他并没有忽略介绍当地的穆斯林，无论他们是商人，还是普通百姓。通过伊本·白图泰的观察和记录，反映了中国社会在组织和政府工作方面所取得的成就，让中国在中世纪赢得良好声誉。此外，他还介绍了当时作为贸易支柱的中国丝绸和瓷器等闻名于世的商品。

伊本·白图泰是摩洛哥人民友好使者的代表。他对中国的访问带来了中国与阿拉伯世界之间的友好交流，有助于增进对中国的了解。伊本·白图泰在向阿拉伯人介绍真实的中国和加深阿拉伯人对中国的了解方面发挥了重要作用，从而增进了中国与阿拉伯世界之间的友好情谊与文化交流。

《伊本·白图泰游记》在中国的出版问世，是中阿关系史上的一件大事，该书具有一定的历史学术价值。因此，它定会受到研究中阿文化交流史的学者的赞赏。

我们手中的这本书《〈伊本·白图泰游记〉在中国》由中国中东问题专家吴富贵（阿卜杜勒·卡里姆）教授所著，该书分为五个部分，旨在引领读者沿着伊本·白图泰途经的路线进行一次虚拟旅行，将《伊本·白图泰游记》在中国的故事与这位摩洛哥大旅行家所走过的贸易路线的历史和现实融合在同一次旅程中。

这本书重要的价值是回顾了中国和摩洛哥王国自 1958 年两国建交 66 年来《伊本·白图泰游记》中文版译著对中摩友好交流的杰出贡献。

这本书的重要性还在于，这是一部由中国著名阿拉伯语专家撰写、由知识产权出版社在中国以中文版出版发行的，以弘扬丝绸之路精神，传承两国人民之间的友谊为目的的图书。该出版社尤为重视该书的出版工作。

毋庸置疑，这本新书展现了中国阿拉伯语专家吴富贵教授的创造力，以及他联结摩洛哥和中国人民之间友谊纽带的能力和远见卓识，对此，我对他为加强摩中关系所做出的努力，以及他在新时代为加强两国友好合作关系所做出的贡献表示高度赞赏。

福阿德·加兹尔博士

摩洛哥哈桑一世大学语言、艺术和人类科学学院教授、

摩洛哥与中国研究中心院长、

摩洛哥阿中友好协会会员

2024 年 9 月 12 日

于摩洛哥首都拉巴特

（译者：马建文）

（原文）

المقدمة الرابعة

الأستاذ الدكتور فؤاد الغزيزر

وبعد، إنه لشرف عظيم لي أن أخط هذه الكلمات في هذا الكتاب المتميز الذي يَستعرض تطور العلاقات بين المملكة المغربية والصين منذ القرن الرابع عشر، ومع بداية زيارة الرحالة المغربي إبن بطوطة للصين، وحتى الأول من نوفمبر 1958م تاريخ تأسيس العلاقات الدبلوماسية الرسمية بين المملكة المغربية وجمهورية الصين الشعبية.

يُعتبر الرحالة المغربي الشهير ابن بطوطة، واحدًا من أبرز الشخصيات التي سَاهمت في تَعزيز الحوار الحضاري والثقافي بين الشرق والغرب خلال العُصور الوسطى، بعدما زار العديد من البلدان، بما في ذلك الصين، في أوائل القرن الرابع عشر، ساهم في نقل صُورة عن تلك الثقافات والشعوب. فقدم وصفا دقيقا للحياة الاجتماعية والاقتصادية والدينية في تلك البلدان، وقامت "رحلة ابن بطوطة" التي ألفها بتعريف العالم وخاصة الشعب العربي بالحضارة الصينية القديمة، مما ساهم في تعزيز الفهم المتبادل بين الجانبين العربي والصيني، حيث جلبت زياراته للصين معلومات عن الصين إلى العالم الإسلامي، وأيضًا نقل بعض من ثقافات وعادات العالم الإسلامي إلى الصين. هذا التبادل الثقافي ساهم في بناء جسور التواصل وتحقيق الفهم والتقدير المتبادل بين الحضارتين العربية والصينية.

كما ساهمت رحلته في نقل المعرفة، من خلال وصفه للتقنيات، والعادات، والتقاليد، والتكنولوجيا التي شاهدها في الصين، وبالتالي إثراء المعرفة لدى القراء في العالم الإسلامي حول الصين، مما عزز من الروابط الفكرية والثقافية بين الثقافتين. هذا الحوار الثقافي لم يكن مجرد نقل للمعلومات، بل كان تبادلا ثقافيا حيويا ساهم في إثراء الطرفين. وصار حوارًا مُستمرًا بين الحضارتين.

تعتبر "رحلة ابن بطوطة" مثالا حيا على التبادلات الشعبية والتعلم المتبادل بين الحضارتين العربية والصينية، مما يَعكس أهمية هذا الرحالة في نقل الثقافات والمعرفة بين الأمتين العربية والصينية.

إن العلاقات التاريخية التي جَمعت بين المملكة المغربية وجمهورية الصين الشعبية والتي تعود إلى قرون قديمة أرخ لها ابن بطوطة في رحلاته الشهيرة، والتي لعبت دورا هاما في التبادل الثقافي والإنساني الفريد من نوعه، إذ ساهمت بشكل مباشر أو غير مباشر في تعزيز التواصل والتبادل بين الدول والمناطق خلال العصور الوسطى.

لقد كان ابن بطوطة مبعوثًا وديًا للشعب المغربي. وقد نقلت رحلته إلى الصين التبادلات الودية بين الصين والعالم العربي، مما ساهم في فهم الصين بشكل أفضل. لعب ابن بطوطة دورا كبيرا في تقديم الصين الحقيقية إلى العرب وتعميق فهم العرب بالصين وبالتالي تَعَزز الصداقة الودية ويتعمق التبادل الثقافي بين الصين والعالم العربي.

يمكن القول إن "رحلة ابن بطوطة في الصين" حَدَث عَظيم وقيمة تاريخية عالية في تاريخ العلاقات الصينية العربية لذلك حَظيت دائمًا بتقدير العُلماء الذين يَدرُسون تاريخ التبادل الثقافي بين الصين والعرب.

والكتاب الذي بين أيدينا، "رحلة ابن بطوطة في الصين" للأستاذ الدكتور عبد الكريم فو قوي الخبير في الشؤون الصينية والعربية، يسعى من خلاله إلى السفر بالقارئ في تجربة جديدة فريدة من نوعها، وفي رحلة افتراضية على طول الطريق الذي سلكه ابن بطوطة، تدمج فيها الخيال المستوحى من محتوى الكتاب الجديد الذي قسمه إلى خمسة أقسام مع التاريخ والواقع الجغرافي للطريق التجاري الذي سلكه الرحالة خلال رحلته، منذ ما يقرب من ستمائة عام.

ويتميز الكتاب أيضا بأهمية خاصة، بالنظر إلى مساهمته المتميزة في التبادل الودي بين الصين والمغرب، ويستعرض التغيرات الكبيرة التي طرأت على جمهورية الصين الشعبية والمملكة المغربية خلال الـ66 عاما، أي منذ إقامة العلاقات الدبلوماسية بين البلدين عام 1958م.

تعود أهمية هذا الكتاب أيضا إلى أنه يعد أول كتاب ألفه أحد مشاهير خبراء اللغة العربية في الصين وسيصدر طبعتين الصينية والعربية في الصين، عن دار نشر الملكية الفكرية التابعة لمكتب براءات الاختراع الصيني، التي أولت عناية خاصة بتحرير الكتاب وطبعه بهدف "إحياء روح طريق الحرير وتوريث تقاليد الصداقة بين الشعبين".

ولا شك أن هذا الكتاب يكشف عن قدرة هذا الخبير الصيني المتميز وبعد نظره في ربط وشائج الصداقة بين الشعبين المغربي والصيني، وجهوده المباركة خدمة لتعزيز العلاقات المغربية الصينية ومساهمته في تقوية علاقات التعاون الودي بين البلدين خلال العصر الجديد.

وتفضلوا، حضرة الأستاذ وو قوي المفضال، بقبول صادق عبارات تقديري.

فؤاد الغزيزر

أستاذ للتعليم العالي محاضر بكلية اللغات والفنون والعلوم الإنسانية بجامعة الحسن الأول بسطات المملكة المغربية

Morocco

12/09/2024

Dr. Fouad LARHZIZER

Researcher in Morocco–China relationship

Faculty of Languages, Arts and Human Sciences.

Hassan First University Settat– Morocco

前　言

"追随伊本·白图泰的足迹"，深入开展《伊本·白图泰游记》研究及文化和旅游合作是中摩文化交流的重要组成部分，更是促进民心相通的重要方式。

《〈伊本·白图泰游记〉在中国》这本新书，是我们开启中摩两国友好历史人物故事传承工作，推进中摩文旅合作的重要抓手，是连接中摩两国及世界各国读者的桥梁和纽带。亦将成为中摩人文交流机制化的重要平台。

本书介绍了一位中国学术界著名历史学家、中西交通史研究领域的著名学者，以及两位中国阿拉伯语界的翻译家、著名学者，他们在不同的年代、以不同的身份先后译介了伊本·白图泰这位摩洛哥旅行家的经典著作《伊本·白图泰游记》英文版和阿拉伯文版，相继为在中国传播和讲述 600 多年前伊本·白图泰环游世界、到访中国的故事做出了重要贡献，从而起到了传承和延续中摩两国友好历史关系与现代互利合作关系的纽带作用。

从时间上看，自 20 世纪 20 年代至今，《伊本·白图泰游记》从德文译本、英文译本到阿拉伯文译本被译介为汉译本的学术译介成果有目共睹，成效斐然，享誉中国、摩洛哥王国和阿拉伯世界。鉴此，归纳总结近百年间中国翻译界的这项学术成果成为必然。

对此，本书考察了近百年间《伊本·白图泰游记》在中国的译介、研究、出版等情况，梳理并研究了伊本·白图泰中国之行的主要脉络，以及中摩两国领导人关心的《伊本·白图泰游记》的翻译传播情况及其价值。本书对三位中国学者著书立说的诠释与译介的多元文化背景进行了解读，为伊本·白图泰研究的更加深入奠定基础，具有一定的填补学术空白的意义。

时至今日，这三位学者译介的《伊本·白图泰游记》使中国读者认识和了解了摩洛哥，开创了《伊本·白图泰游记》在中国的译介先河和经典文本，他们的工作为后来《伊本·白图泰游记》在中国的广泛传播起到了良好的先导作用，也为《伊本·白图泰游记》进入现代中国译介以及中摩友好往来做出了历史性的贡献。

近代以来，中国学者不断翻译世界文化经典作品，博采众长，学习吸收全球先进发展经验，为我所用。进入 20 世纪以后，"虽说中国尚处在一个社会大变革的时期，中国革命实现了由旧民主主义革命向新民主主义革命的转折，这是诸多历史因素共同作用的结果"①。与这种形式相适应的是，中国译坛出现了以胡适、鲁迅、冰心等为代表的中国现代知识分子，他们活跃在政治和文学舞台上，而张星烺、马金鹏和李光斌可说是这支中国译介队伍中的代表性人士。

本书介绍了自 20 世纪 20 年代《伊本·白图泰游记》进入中国至今的近百年间，中国学术界的专家学者将其译介成为编注节译本、校订本和全译本的历史事实和基本情况，对《伊本·白图泰游记》进入中国学术研究界及各界读者视野产生巨大推动作用的三位专家，用通俗易懂的文字和首度公开的照片，将《伊本·白图泰游记》原著者、编注者、译介者的生平简历、译介贡献、获奖情况和其人其事介绍给广大读者。简要阐述了这三位译介专家在中摩友好历史发

① 胡绳.从鸦片战争到五四运动（全 2 册）[M].北京：人民出版社，2010，8.

展进程中用译介的方式所做出的重要贡献和产生的影响，给读者呈现了一部横跨五大洲、纵贯古今 600 多年的中外人文交流发展通史。

本书采用传记式的表达方式，作者在深入调查研究《伊本·白图泰游记》进入中国初始时间及近百年内发展的基础上，按照《伊本·白图泰游记》选译编注本、校订本、全译本在中国出版的时间先后，分别介绍了三位学者，从 20 世纪 20 年代的张星烺教授，到 1985 年 8 月的马金鹏教授，再到 2008 年 11 月的李光斌教授。这三位学者赢得了摩洛哥王国上至国王、下至民众的青睐和热情关注。

本书脉络清晰，按照不同的历史阶段，在不同的章节中，依次向读者介绍了三位译介专家翻译《伊本·白图泰游记》的历史贡献。以时间为序对中国译介《伊本·白图泰游记》的历史进程进行梳理，以学术论文为依据佐证，系统介绍了中国学术界译介出版《伊本·白图泰游记》大事记。不仅时间跨度大，而且涵盖内容广泛，勾勒出一幅中国译介《伊本·白图泰游记》出版历史进程全景图。

本书共分五部分。第一章为伊本·白图泰与《伊本·白图泰游记》；第二章讲述《伊本·白图泰游记》在中国的译介情况；第三章为《伊本·白图泰游记》的译介传播及影响；第四章讲述历史上中摩交往的先行者；附录部分列举了中国学术界伊本·白图泰学权威研究专家的多篇有代表性的文章，用史实向读者讲述《伊本·白图泰游记》进入中国之后的学术研究境况，以及游记出版问世的学术研究成果。

尤其是，本书作者倾数年之功，旁征博引，多方请教，并查询了大量中外文献史料，聚沙成塔，终成此书。从书中透视出中国学术界三位专家的译介研究思想和学术成果发展脉络，有助于促进中国伊本·白图泰学研究的深入发展。

《〈伊本·白图泰游记〉在中国》讲述三位专家和三部译著，他们与摩洛哥王国有着难解的情缘。三个人和三部译著之间到底有着怎样千丝万缕的渊源？本书站在中国伊本·白图泰学研究前沿，站在中摩友好的角度，积极探索和寻找两国友好历史关系中特殊人物的特殊故事，用史实揭开一个世纪的记忆，开展友好译介传承事业，彰显出学术科学研究价值和继承文化遗产等重要历史价值和意义，对于中摩两国政界、学术界、外交界、旅游界、翻译界、出版界开展友好交流和促进中摩两国友好关系，都具有历史意义和现实意义。

"莫愁前路无知己，天下谁人不识君。"本书作者借花献佛，将此诗用在伊本·白图泰身上倒也合适。这正是"历史正剧又逢春"。2024年11月1日，恰逢中国和摩洛哥建交66周年华诞，本书出版问世，将是最好的献礼。

作　者

2024 年 3 月

目　录

绪　论

当中国遇上摩洛哥

——天涯路远有知音

伊本·白图泰（1304—1378 年）被誉为"摩洛哥大旅行家"，是中世纪四大旅行家中的佼佼者、阿拉伯游记文学重要奠基人，其口述的《伊本·白图泰游记》享誉世界。张星烺是英文版《伊本·白图泰游记》中的中国部分内容首译者；马金鹏是埃及出版的阿拉伯文版《伊本·白图泰游记》首译者；李光斌是摩洛哥出版的阿拉伯文版《伊本·白图泰游记》全译本首译者。因为游记、因为中国、因为译介、因为汉译本结缘，自此在中国和摩洛哥友好交往史上，伊本·白图泰与张星烺、马金鹏、李光斌的名字永远联系在一起，成为中国英语和阿拉伯语译坛上，可圈可点、可敬可爱、享有盛名的历史人物。

因此，对中国读者来说，伊本·白图泰既是一位老友，又是一位新知。说他是"老友"，是因为早在中世纪的 1346 年，元顺帝在位期间的至正六年，他就曾应邀到访中国。他乘船上岸的地方在福建港口城市泉州，并先后在泉州、广州、杭州和北京等城市游历一年。此后，他曾两次出游，到访欧洲和非洲大陆，1354 年奉诏回国后，于 1355 年口述了一本原书名《异域奇游胜览》，现书名《伊本·白图泰游记》的旅行著作手抄本。因其内容广闻博录，讲述的都是他亲身游历过的近 30 个国家和地区，行程 12 万千米，将近 30 年的时间，眼见为实的亲历故事，一时间《伊本·白图泰游记》成了这位经风雨、见世面旅行家享誉世界、闻名遐迩的传世著作。

当年在学术界，这本《伊本·白图泰游记》以其丰富翔实的文字资料被各国专家学者誉为 14 世纪一部有关山川地貌、海路交通、民俗礼仪、地理历史、城乡物产、法制赋税、城市建筑、奇闻轶事等方面价值极高的环游世界地理志，以及收集各知识领域的名词、俗语、地名、事件、人物的百科全书。

在民间，《伊本·白图泰游记》成了坊间流传和老少妇孺茶余饭后谈论的"外来异域新闻"。时至今日，这本游记仍是中国学术界研究元朝时期中国与阿拉伯国家关系的重要参考资料。

《伊本·白图泰游记》从多方面详细记述了北非、中亚、南亚、东亚诸国的风土人情，包含对中国民俗和景象的记载，因文笔生动、引人入胜，其作为一部百科全书式的名著，被翻译成多国语言，在读者心中拥有一席地位。

然而，如中国学者赵金铭教授在为朱立才教授撰写的《汉语阿拉伯语语言文化比较研究》一书所作序言中所说，"我国晚近以来，学术界在研究中西交通史领域，大多将眼光投在中华民族与泰西诸国语言比较与文化交流研究上，而对西亚、北非众多的阿拉伯国家以及该地区所通用的阿拉伯语及其所负载的独特文化，却鲜有关注，研究成果也寥若晨星"。

文献证实，自 1355 年《伊本·白图泰游记》问世之后的 600 年间，《伊本·白图泰游记》在中国无人知晓，实为空白。一谈及中西交流，人们想到的便是意大利《马可·波罗游记》，却不知与马可·波罗同为中世纪四大旅行家之一的摩洛哥伊本·白图泰的《伊本·白图泰游记》。

时光荏苒如白驹过隙。20 世纪 20 年代，《伊本·白图泰游记》中的中国部分章节终于被中国学者译介到中国。当年张星烺数十年潜心编注六大册 3000 多页的《中西交通史料汇编》百万余字，其中的《伊本·白图泰游记》(德文版)、《印度中国记》、英文版《摩洛哥旅行家〈依宾拔都他及其游记〉》、《拔都他自印度来中国旅行》和《拔都他游历中国记》等中国部分就是他自译的。[1] 张星烺是 20 世纪上半

---

[1] 张星烺在《中西交通史料汇编》中将伊本·白图泰译为依宾拔都他。——编者注

叶中国史学界的著名专家，他以汇编中西交通史料在业界素享盛誉。

尽管在张星烺编注的《中西交通史料汇编》中，所选译的《伊本·白图泰游记》中国部分内容有限，但却有力地说明，早在一百年前《伊本·白图泰游记》就步其主人的后尘"来到"了中国，同中国读者结缘，堪称"筚路蓝缕，导夫先路"。自此，中国历史文化学术界掀起一阵伊本·白图泰研究浪花。此时间节点也被中国学术界视为《伊本·白图泰游记》传入中国的最早时间。

说《伊本·白图泰游记》是"新知"则是因为，1985 年以前，《伊本·白图泰游记》全译本在中国图书市场上始终没有出现过。老一代读者对其节译部分或许还留有模糊的记忆，新一代读者则对其完全陌生了。1985 年，北京大学阿拉伯语教授马金鹏首次将埃及出版的阿拉伯文校订本《伊本·白图泰游记》译出，由宁夏人民出版社出版。中国读者才得以窥得《伊本·白图泰游记》全貌，通过阅读马金鹏教授翻译的《伊本·白图泰游记》汉语全译本，进而认识了伊本·白图泰，加深了对摩洛哥的认知。特别是在上海外国语大学朱威烈教授的帮助下将马金鹏教授翻译的《伊本·白图泰游记》中的"中国部分"译文在上海外国学院阿拉伯语系编辑出版的季刊《阿拉伯世界》（试刊）上连载后，在社会上引起广泛关注。

特别值得提及的是，时间来到 2008 年，继马金鹏教授之后，中国外交官、阿拉伯语翻译家李光斌翻译的摩洛哥阿拉伯文版《异境奇观——伊本·白图泰游记》（全译本）隆重问世，由海洋出版社出版。自此，中国译介园地出现了百花齐放的新局面。李光斌译介的《异境奇观——伊本·白图泰游记》（全译本）的问世，为中国读者深入了解中国与摩洛哥王国久远的友好历史关系，提供了可资借鉴的依凭，为中摩友好历史关系增添了新的一笔。

2008 年 11 月 25 日，伊本·白图泰塑像在泉州海外交通史博物馆落户之际，李光斌携自己的新书《异境奇观——伊本·白图泰游记》（全译本）应邀前往泉州，向泉州市人民政府赠送译著，此举成为中摩两国友好交往历史的见证。

日月如梭，到了 2015 年 6 月，马金鹏教授首译的埃及版校订本《伊本·白图泰游记》汉语全译本由华文出版社再版，受到各界读者的欢迎。可以想见，中摩两国人民对伊本·白图泰的研究以及中摩文化交流仍在继续。

我作为中国阿拉伯语专家、《伊本·白图泰游记》研究学者，曾多次到访摩洛哥，并慕名拜访过伊本·白图泰的家乡丹吉尔。亲眼所见让我深深感受到摩洛哥极为推崇和珍视本国的文化名人伊本·白图泰。尤其是摩洛哥已故国王哈桑二世和现任国王穆罕默德六世，父子两代国王对伊本·白图泰的推崇是令人感动的。

在摩洛哥，全国各地有许多伊本·白图泰的雕像、展览馆，他的墓地鲜花常新，在他的故居中保留着他用过的书桌、手稿等，可谓面面俱到。在伊本·白图泰的故乡——摩洛哥北部城市丹吉尔，家乡的人们以他为傲，有用他的名字命名的广场、旅店、咖啡馆、渡船。现在丹吉尔机场就叫"伊本·白图泰机场"。在文化节、纪念日等活动中，一些学校会举办中文诗朗诵、歌咏比赛、中国书法大赛等活动。

为此，摩洛哥国王穆罕默德六世曾将 2000 年定为"伊本·白图泰年"；2004 年，联合国教科文组织为纪念伊本·白图泰诞辰 700周年，在法国召开了"伊本·白图泰巴黎国际研讨会"。同一天，一些国家也举行了一系列文化活动纪念伊本·白图泰。

正是在上述背景下，我开始潜心全力，在中阿各界朋友的鼎力支持和热心帮助下，编著这本具有历史意义、现实意义和传承意义的《〈伊本·白图泰游记〉在中国》，在中摩建交 66 周年（1958—2024 年）之际，把它奉献给伊本·白图泰，表达一位中国阿拉伯语学者对他的怀念和敬仰之情。同时也把它奉献给中摩两国人民和各国各界读者。本书最终目的是，让中摩读者在阅读中能有所感悟，激励一代又一代中摩儿女为两国友谊和发展而不懈奋斗，将两国友好故事世世代代传承下去。

在本书中，读者既可以看到伊本·白图泰的"文"，也能够看到伊本·白图泰的"人"，文如其人。《〈伊本·白图泰游记〉在中国》是友谊的桥梁，愿朋友们阅读这本书时，会感到摩洛哥王国变得不那么遥远，伊本·白图泰变得不那么陌生，《伊本·白图泰游记》变成各国各界读者的跨国知心朋友。

最后，值得提及的是，讲完《伊本·白图泰游记》与张星烺、马金鹏、李光斌三位著名翻译家有缘万里来相会、天涯路远有知音、译文会友的友好译介故事之后，在此还应提及的是杜环和汪大渊。因为远在公元 8 世纪，中国唐代旅行家杜环成为最早踏上非洲的中国人。600 多年前的公元 1334 年，中国元代民间航海家汪大渊也曾到访过摩洛哥的丹吉尔。杜环和汪大渊访问回国后，分别撰写《经行记》和《岛夷志略》记述海外诸国见闻的书籍，与伊本·白图泰一样有着相似的经历。

虽说时过境迁，历史久远，但张星烺、马金鹏和李光斌这三位现代友好人物近百年间与伊本·白图泰发生的以文会友、译文会友译介故事，以及杜环、汪大渊和伊本·白图泰这三位发生在 8 世纪、14 世纪到访对方国度的故事，这便是本书重点介绍的主人公和值得读者阅读的重点内容。因为，史实为证，他们都是在中摩友好交往史上留下了友情和著述，载入中摩友好史册，值得两国后人敬仰，是里程碑式特殊人物的特殊故事。

在此，我想引用西方"史学之父"希罗多德的话作为结语："把这些研究成果发表出来，是为了保存人类的功业，使之不致由于年深日久而被人们遗忘。"我理应为中摩友好写真，为历史存珍，著书立说，以期留下重要的学术价值、史料价值和跨国友好传承价值。

第一章

伊本·白图泰与《伊本·白图泰游记》

第一节　告诉你一个真实的摩洛哥王国

听说摩洛哥是个王国。是的，它是一个君主立宪制的具有双重属性，坐落在非洲北部的阿拉伯国家。距离中国远吗？不远，乘飞机一万多千米，单程 13 个小时左右即可到达。摩洛哥王国有什么特产吗？有沙丁鱼和磷酸盐，其产量和占有量为世界之最。听说摩洛哥人嗜茶如命？是的，宁可一日无食，不可一日无茶。听说摩洛哥有座清真寺建在海上？是的，那是矗立在大西洋岸边的哈桑二世清真寺，还有马拉喀什红土地上建有日夜散发着香味的清真寺宣礼塔呢！如果你是个影迷，那么你一定会知道《北非谍影》这部著名影片的外景拍摄地是这个国家的第一大城市卡萨布兰卡。你知道海上丝绸之路，但你听说过伊本·白图泰吗？倘若不知，那我告诉你，他是一位素享盛誉的摩洛哥大旅行家，600 多年前的中世纪，他曾以旅行家的身份到访过中国，他的口述游记被笔录出版过一本《伊本·白图泰游记》呢。还有，你知道"无烟工业"这个词吗？倘若不知，那你就来摩洛哥王国旅游吧。尤其是对中国游客来说，不但签证免签，而且摩洛哥皇家航空公司（RAM）将于 2025 年 1 月 20 日重新开通卡萨布兰卡—北京直飞航线。相信我，当你读完这篇文章，一定会喜欢上这个国家。

一、与沙丁鱼和磷酸盐结缘的国家

你听说过吗，早在 20 世纪 60 年代，中国市场上出售的沙丁鱼罐头和目前中国每年进口的磷酸盐都与摩洛哥有关。这听起来多少有点儿像天方夜谭。因为在多数人看来，摩洛哥除了遥远，似乎就只剩下了无尽的地中海海水和大西洋景观了。这一方面是缘于读者对摩洛哥还不了解；另一方面，更应"归功"于西方媒体对摩洛哥的宣传。

但人们可能不知道，摩洛哥的沙丁鱼产量和磷酸盐产量为"世界之最"。因此，在北非古国摩洛哥王国，有名的除了举世闻名的油页岩矿，就要数两种驰名于世的物产资源——海洋里的特产沙丁鱼和陆地高山上的特产磷酸盐矿。

摩洛哥位于非洲西北端，西临大西洋，北隔直布罗陀海峡与西班牙相望，扼地中海入大西洋的门户。湛蓝色的地中海海水流经直布罗陀海峡与大西洋汇合，形成"暖洋"，使海流表层的平均温度，夏季略高于 20 摄氏度，而冬季却不低于 16 摄氏度。因此，狭长的摩洛哥沿海水域，便成了沙丁鱼得天独厚的栖息的地方。摩洛哥海洋渔业资源极为丰富，是非洲第一大产鱼国，沙丁鱼出口居世界首位。

那么，磷酸盐因何形成，为何也占"世界之最"呢？

原来，早在遥远的地质年代，包括现在的摩洛哥王国西部的北非一带，曾经发生过大海侵，在其沉积物中形成了丰富的、具有世界意义的磷钙土矿床，而磷酸盐在这些矿床中的平均含量为 50% ~ 60%。因此，摩洛哥磷酸盐储量和产量都十分丰富，素有"磷酸盐王国"的美称。磷酸盐产品与沙丁鱼成为摩洛哥出口创汇的"拳头"产品，是摩洛哥经济的重要支柱之一。

二、与茶结缘，不可一日无茶

记得我在摩洛哥常驻期间，漫步在摩洛哥街头，常常会听到人们这样的谈论："宁可一日无食，不可一日无茶。"的确，茶是摩洛哥人日常生活中老少皆宜的饮料，更是迎宾待客的佳品。有朋自远方来，敬上一杯薄荷绿茶，是摩洛哥人招待尊敬客人的传统礼节。

几乎所有摩洛哥人每天都会喝五六次茶，而且必须是中国绿茶。由此可见，中国与摩洛哥之间的缘分就这么随着点点滴滴的畅饮绿茶习惯而不断地延续至今。摩洛哥盛行饮茶，却不产茶，全国每年消费的茶叶全部依靠进口，其中98%的茶叶来自中国。然而，随着中摩两国经贸合作的日益深入，自20世纪60年代起，这种依赖中国茶叶进口的局面，发生了些许变化。

晚上／灯下／我读着黑非洲的诗／喝着热茶／忽然好像看到／摩洛哥阿兹鲁谷地／一片茶花……

这是一首20世纪60年代中国著名诗人，中国人民解放军原总政治部文化部部长、中国作家协会主席团委员、中国文艺界联合会副主席李瑛写的诗。

这首诗，我在北京听到过，在尼罗河畔的埃及听到过，不知为何，我竟然在万里之遥大西洋畔的摩洛哥常驻期间，也是在当地诗中说到"阿兹鲁谷地"时听到过，这难道是巧合吗？

"阿兹鲁（Azrou）谷地"，位于摩洛哥阿特拉斯山脉西麓，是一块水草肥美的旅游胜地，拥有当地得天独厚的泉水和适于种茶的土壤，中摩建交后在中国种茶专家的帮助下，摩洛哥的土地上长出了中国茶树苗。1960年第14期《世界知识》杂志半月刊曾对这个故事作过报道。

三、水上清真寺美轮美奂

犹如科威特的水塔、埃及的金字塔、沙特阿拉伯王国的麦加清真寺宣礼塔，都是在中东地区独领风骚的历史古迹，至今仍为所在国的地标建筑。21世纪的今天，在摩洛哥王国的卡萨布兰卡市，伊斯兰教建筑艺术的骄傲——哈桑二世清真寺，神采奕奕地矗立在波涛汹涌的大西洋岸边，现已成为摩洛哥王国卡萨布兰卡市腾飞的标志，名副其实的伊斯兰世界建筑艺术的新景观，为世人所瞩目。

哈桑二世清真寺犹如屹立在大西洋上的一颗明珠。寺院设计富丽堂皇，宏伟的中央大厅内可容纳数万名教徒在同一时辰做礼拜。清真寺宣礼塔巍峨壮观，高高的塔顶上装有现代激光设备，耀眼的光束遥遥指向伊斯兰教圣地沙特阿拉伯王国的麦加城方向。这耀眼的光束远在数十公里外的地方都可以看到。除设备精湛外，高大的清真寺内，还建造有水池，装有滑动屋檐，可使阳光照射进寺内。哈桑二世清真寺的选址设计、采用的奇特建筑材料及展示的宏大空间，呈现出了阿拉伯世界的现代伊斯兰文明成就，堪称是一件无与伦比的伊斯兰教建筑史上的艺术杰作。

四、散发着香味的塔

人们大都听说或见过世界上各式各样的塔：砖塔、木塔和铁塔等。这些塔都能在外观造型上给人以视觉美感，却不会散发香味，不能在嗅觉上显现出艺术魅力。然而，在摩洛哥王国，却真有一座造型别致、富于伊斯兰情调、日日夜夜散发着香味的塔，当地民众都亲昵地称呼它为"香塔"。它的阿拉伯语名字叫作"库图比亚"。"库图比亚"在阿拉伯文中是"书店"的意思。

我在摩洛哥工作期间，曾慕名专程参观过这座著名的香塔。自古至今，马拉喀什是一个被世人称道、赞誉的古城。香塔便坐落在离城30多千米处的马拉喀什最古老的库图比亚清真寺院内。

参观这座高高矗立的香塔时，我被摩洛哥古代劳动人民别出心裁、别具匠心的伊斯兰建筑艺术形式惊呆了。我仿佛进入了芝兰世界，因为，当我步入清真寺院门径直往里走时，不待近塔，便觉香气扑鼻，浓郁的芳香令人心旷神怡，甚至让人喘不过气来。

更令人咋舌赞叹的是，这座高达67米的清真寺香塔，竟然是在公元1195年建成的，它伴随着马拉喀什古城，朝夕相处了近千年之久。虽因长年日晒雨淋、风沙剥蚀，但它却无损伤，至今合缝严密，完整无缺。在清晨的朝霞里，显得高大雄伟，岿然矗立。八百多年来，这座香塔仍然香飘四溢，幽香沁人。

那么，这座香塔的香味源自何处？又为何能长久保持浓郁的芳香呢？寺院的伊玛目告诉我，主要原因是当年工匠们在建塔时，别出心裁地进行了大胆尝试，他们往砌石块用的泥浆黏合剂中掺入了近万袋浓郁的麝香及其他香料，所以，时至今日，这座香塔的塔体外墙仍然像当年那样散发出阵阵芳香，令各国游客慕名闻香而至，驻足欣赏，赞叹不已。

站在塔下，仰望这座雄伟的清真寺香塔，我不禁产生了这样的联想：远在摩洛哥古王国建筑工艺和施工技术都尚不发达的年代，如此高大的香塔是怎样建造起来的呢？这个问题在摩洛哥各地至今流传甚广，但说法不一。

但是，通过这座历史悠久的香塔，人们可以窥见古代伊斯兰建筑艺术的一个侧面。更重要的是，从历史珍贵文化遗产和建筑艺术宝藏的角度来看，它是令世人珍视的古代伊斯兰建筑艺术的历史物证。

马拉喀什城的这座香塔不仅以它独特的伊斯兰建筑艺术造型点缀了多彩多姿的摩洛哥王国，更难能可贵的是，它以独树一帜的特殊香味迎来了世界各国的游人。这也使马拉喀什成为摩洛哥著名的旅游胜地，香塔成为当今摩洛哥著名的地标旅游景点。

如今，时光虽已进入 21 世纪，但巍巍塔影，挺拔多姿，在朝朝暮暮的阳光下，愈发显得苍劲雄伟。塔的香气源源不竭，香味越飘越远……

五、与电影结缘的卡萨布兰卡

全世界有那么多城市那么多酒吧，她偏偏走进我这一间。

卡萨布兰卡亦称达尔贝达，是摩洛哥的最大城市，被称为"经济首都"。达尔贝达距离首都拉巴特非常近，约为 95 千米。达尔贝达亦被誉为"大西洋新娘""摩洛哥之肺"。或许，很多中国读者对于摩洛哥的了解仅仅来自 1942 年在美国纽约上映的那部著名影片《卡萨布兰卡》（又名《北非谍影》）。

2011 年 12 月 31 日，美国著名流行歌手贝蒂·希金斯参加了中国中央电视台"启航 2012 元旦晚会"，演唱了他创作的经典歌曲《卡萨布兰卡》，再次引发中国观众对这部影片的收视高潮。

2016 年 6 月，摩洛哥对华实施免签政策，更多的中国人走出国门，走进摩洛哥王国，亲身感受和体验摩洛哥王国的特殊"风味"。

六、与"无烟工业"结缘的国家

"无烟工业"又称"无形贸易"。这一说法源自 20 世纪的 80 年代，是人们对旅游业的形象化称呼。而实际上，若追溯摩洛哥旅游业的历史起源，绝非是从近代开始的，它源于摩洛哥旅游业"鼻祖"伊本·白图泰环游世界的中世纪。凭借着悠久的历史、得天独厚的自然地理环境、众多的天然古迹和文化遗产、适宜的海洋气候，摩洛哥成为世界上充满神秘色彩、独具魅力，具有丰富旅游资源的阿拉伯国家，吸引着世界的目光。尤其是首都拉巴特、第一大城市卡萨布兰卡、马拉喀什露天市场、哈桑二世清真寺、穆罕默德五世陵墓等，马若雷尔植物园、摩洛哥艺术博物馆、大西洋海滩及沙漠景观等，成为各国旅游爱好者心驰神往的休养胜地，每年吸引着世界各地的游客慕名蜂拥而至。旅游业是摩洛哥国民经济的重要支柱产业。

第二节　伊本·白图泰其人其事

在中国和摩洛哥友好历史发展的浩瀚星空中，有一颗璀璨的明星，它以其独特的光芒吸引着世人的目光。而今天，我们要介绍的这位"明星",他不仅是环游世界舞台上的大旅行家,更是著书立说的达人——他就是被誉为"14 世纪四大著名旅行家"之一的摩洛哥旅行家伊本·白图泰。

摩洛哥伊本·白图泰博物馆中伊本·白图泰雕像
（拉贾·埃尔哈娜什　供图）

1304 年 2 月 24 日[①],伊本·白图泰出生在摩洛哥北部直布罗陀海峡南岸的海港城市丹吉尔城的一个伊斯兰教教法学世家。他自幼受到良好的教育,长大成人后,因博学多才而成为一位伊斯兰学者,他不仅精通《古兰经》,而且还会说柏柏尔语、突厥语、印地语和波斯语等多种语言,成为他后来云游天下的基础。

1325 年 6 月 14 日,22 岁的伊本·白图泰开始了他的环游世界之旅。此后他用了将近 30 年的时间,行程 12 万千米,足迹遍及亚洲、非洲和欧洲 30 多个国家和地区。其间,他从印度出发,循着古

———————

① 关于伊本·白图泰的生卒年以及出行年龄等,在学界有不同说法,本书以李光斌先生的译著《异境奇观——伊本·白图泰游记》(全译本)中的说法为准。

老的海上丝绸之路，于 1346 年（元顺帝至正六年）4 月乘船来到中世纪素享"东方第一大港"美誉的中国福建港口城市泉州。在等待北上期间，他南下到另外一个海上丝绸之路的重要港口城市广州考察、旅行。然后北上，来到当时的元大都，即今天的北京城。他此次中国之行历时一年，意在更加清晰地了解中国社会。在此期间，伊本·白图泰还曾在杭州停留。1347 年 1 月，他再次沿着海上丝绸之路从泉州西返，直到 1354 年奉诏回到自己离开将近 30 年之久的祖国摩洛哥。

1355 年 12 月 7 日，根据伊本·白图泰口述笔录写成的《伊本·白图泰游记》手抄本问世。600 多年来，《伊本·白图泰游记》已有 30 余种译本问世，受到各国学者，尤其是东方学学者的重视。这部巨著是中世纪最著名的游记著作之一，后被陆续译成多种文字，其中包括汉语。

有据可考的中摩历史文献记载，从中世纪起，伊本·白图泰便以友好使者的身份到访过中国并与中国人民结下深厚友谊，自此架起了中摩友谊互学互鉴的桥梁。特别是他口述的《伊本·白图泰游记》问世后，随之被欧洲出版商率先引进到法国、西班牙等国家，并翻译成多国语言文字，书中的内容在吸引西方社会上层人士目光的同时，在欧洲国家也引起巨大反响。而中国的多项先进技术通过《伊本·白图泰游记》传播到摩洛哥后，进而传播到欧洲各国，从而使得西方人在惊奇中对中国的先进技术刮目相看，进而推动了欧洲国家一些科学技术的启蒙和发展。

恐怕连伊本·白图泰本人都没有想到，600 多年后的今天，仅一部《伊本·白图泰游记》却受到各国众多读者的关注。究其原因，这其中的奥秘莫过于在那个信息闭塞的年代，作者根据其所见所闻讲述了中世纪发生在世界各国鲜为人知的人文、社会、生活景况，为读者打开了视野。

600 多年来，在中国人民心中，伊本·白图泰是名副其实的中摩两国友好事业的奠基者、践行者和引路人，尤其是《伊本·白图泰游记》汉译本中讲述的中国元代社会人文故事，中国读者对它更是情有独钟。

在摩洛哥和阿拉伯世界 22 个国家中，伊本·白图泰是阿拉伯民族的骄傲，被阿拉伯民众誉为"摩洛哥中世纪环游世界的泰斗"，他的游历历程被称为"摩洛哥中世纪史上的一大壮举"。伊本·白图泰环游世界的辉煌历程，不仅促进了摩洛哥和亚、非、欧其他国家人文历史的广泛交流，还记述了各地区的衣食住行、社会民俗以及重大历史事件，也为各国学者研究亚、非、欧的自然生态和民众生活、社会变迁，提供了可借鉴的重要参考资料。因此，伊本·白图泰是中世纪四大旅行家中实至名归的佼佼者。他的周游世界各国之举，在摩洛哥历史上占有重要地位，同时也在世界人文交流史上产生了深远的影响。伊本·白图泰周游世界的壮举，不仅加强了中世纪摩洛哥王国与世界各国的人文交流，增强了各国人民对摩洛哥王国的了解和认知，而且促进了相互间的文化交流，推动了摩洛哥对外文化的发展。

值得注意的是，伊本·白图泰到访近 30 个国家，不仅仅是单纯性的环游世界活动，更重要的是开展文化交流和友好交往。在伊本·白图泰环游世界的影响中，最为重要的还是加强了摩洛哥与所到国和地区之间的人文交流，这种人文交流包括与当地商人进行的贸易和文化交流，他带去了摩洛哥的物品和文化，同时也亲身体会和了解到所到国家的历史文化与风俗习惯。这种交流既推动了中世纪摩洛哥与亚、非、欧各国间的相互了解，也有力地推动和促进了摩洛哥与世界各国的交流合作。因此可以说，这种交流不仅有助于摩洛哥的经济发展，也为摩洛哥与其所到国家之间的未来合作打下良好基础。

因此，600多年前伊本·白图泰的环游世界之举，对摩洛哥同世界各国的人文交流所产生的深远的影响是不言而喻的。它不仅开创了摩洛哥人环游世界的先河，同时也为世界各国开展互惠互利交流与合作提供了有益启示和重要的文字参考史料依凭。

伊本·白图泰（Ibn Battuta）1304年出生，1378年辞世，享年74岁。

第三节　伊本·白图泰游历世界的时间及意义

伊本·白图泰在74年的生命年轮里，从22岁开始离开家乡，开始了一生近30年的旅游生涯。他在1346—1347年完成了远东中国行，然后又于1350年完成了安达卢西亚之旅，最后于1353年独自一人勇闯非洲，创下了一人闯荡亚非欧三大洲的记录。

伊本·白图泰这位中世纪的摩洛哥旅行家，凭着探知世界的坚定理想信念和顽强的毅力，只身用了近30年的时间，游历世界30多个国家和地区，行程近12万千米的经历，成为中世纪四大旅行家中的佼佼者，是中世纪人类旅游史上的典范。

难怪人称世界"旅坛"自古便是藏龙卧虎之地，伊本·白图泰便是14世纪的一位旅游探险奇才。尤其是他环游世界的国家、时间及里程，无不令现代人匪夷所思、敬重仰慕。尤其是他口述的《伊本·白图泰游记》在欧洲许多国家的宫廷和贵族之间流传，被商人用作前往中国的指南。伊本·白图泰不仅是亲历到访过中国的摩洛哥人，还是中世纪开辟摩中两国民间交往海上丝绸之路的友好使者，深度参与了两种不同文明之间相互理解的过程。[1]

---

① 见陈高华为《异境奇观——伊本·白图泰游记》（全译本）所作序。

一、生平

伊本·白图泰（1304—1378 年，汉译名），出生于摩洛哥丹吉尔地区的柏柏尔人穆斯林法官世家，自幼受过比较好的教育。少年时期，他因勤奋好学而成长为一名伊斯兰教研究者。时年 22 岁的他，胸怀远大抱负，离开家乡远赴沙特阿拉伯王国麦加圣地朝觐，成为"哈吉"之后，遂开始了远足世界各国的旅行生涯。在将近 30 年外出游历的实践中，他凭借先天的聪颖、见多识广而赢得各界好评。他长途跋涉将近 30 年，行程近 12 万千米，途经现今 30 多个国家和地区，广泛了解各地的山川河流、风土人情、典章制度和奇闻逸事。他的旅行见闻被记录成书，这便是举世闻名的《伊本·白图泰游记》。

伊本·白图泰，1325 年出行，1354 年回国，1378 年谢世。在 74 年生命旅程中，留下可圈可点、可歌可泣的人生故事，成为后人世代敬仰传颂的旅游先行者。

二、朝觐

朝觐是每个具备相应朝觐条件的穆斯林必须履行的功课。伊本·白图泰在他的游记中这样写道："我于伊斯兰教历 725 年 7 月 2 日星期四，辞别了与我朝夕相处，终日为伴的挚友，孑然一身，离开了我的故乡丹吉尔市，前去朝觐神圣的天房，凭吊真主的使者（愿真主赐福给他，保佑平安）的陵墓。我怀着满腔激情和不达目的誓不回头的决心，以及隐藏在我内心深处的，对那些高贵的学府的思念和向往，收拾好行囊，离别亲人，跟着朝觐队，像鸟儿离巢似的离开了我的祖国。那时，我的双亲还都健在。我与父母亲都怀着依依不舍的眷恋和难分难离的心情分手了。那年我刚刚满二十二岁。"[①]

①　伊本·白图泰口述，伊本·朱甾笔录.异境奇观——伊本·白图泰游记（全译本）[M].李光斌，译；马贤，审校.北京：海洋出版社，2008：11.

此后，伊本·白图泰不辞辛劳赴麦加朝觐，完成了每个伊斯兰教徒应完成的功课。

三、意义

伊本·白图泰作为一个旅行家，展现了对不同文化的包容与理解，他走过了广阔的地域，穿越了北非、西非、南欧、中东、中亚和东南亚等地区，游历了许多重要城市和文化中心，拜访了众多的文明和宗教圣地，与不同背景的人们交流和相处，为当时东西方之间的理解与和谐交流做出了贡献。他在旅行中绘制了许多地区的地图，详细描述了所到之处各国的文化、风土人情等状况。他穿越了陆上丝绸之路和海上丝绸之路等重要贸易路线，见证了当时的贸易活动和商业往来，为后人了解中世纪的贸易和经济状况及交通路径提供了重要参考。他翔实的记述为后世了解当时世界的政治、经济、社会和文化等提供了珍贵的史料。

伊本·白图泰在游历世界近 30 年的时间里，将亲身感受到的东方文明，记在脑子里，融化在血液中，落实在行动上。最终通过著书立说的方式将博大精深的东方古国文明传播到西方世界，引起西方人对东方的向往。

伊本·白图泰的第一阶段出行用了 24 年时间，是他的朝觐之旅，前后共 7 次。此后的第二阶段，伊本·白图泰远行亚洲，来到中国。继而开始第三阶段出游欧洲和第四阶段出游非洲，历时 5 年，使摩洛哥与欧、非国家的人文交往出现了前所未有的进展。

相知无远近，万里尚为邻。伊本·白图泰在将近 30 年游历世界的过程中，在转变欧洲人对东方人原有看法的同时，对于促进东方文明传播到欧洲国家并与之开展交流互鉴做出了重要贡献，直接或间接地开辟了东、西方直接联系和接触的新时代。他让西方人了解了 "东方"，对东方充满无限向往。伊本·白图泰游历世界的重要的一点在于，开启了中世纪西方世界对中国的全新认知，他在将中国介绍给伊斯兰世界与阿拉伯世界方面功不可没。特别是他口述的《伊本·白图泰游记》，此书的问世极大地丰富了中世纪欧洲人对中国和东方世界的认知。

伊本·白图泰回到故乡后，当时的摩洛哥国王艾布·阿南素丹听完他的汇报，命令御前秘书伊本·朱甾将其游记详细记录下来，编辑成书，这就是闻名遐迩的《伊本·白图泰游记》。

在中国，《伊本·白图泰游记》这个书名是汉语译法。阿拉伯文版原著书名为 تحفة النظار في غرائب الأمصار و عجائب الأسفار（《旅行中奇闻轶事集锦》），也有学者将书名译为《异境奇观》《旅途各国奇风异俗珍闻记》《异域奇游胜览》《异国风光与旅途奇观》等。

《伊本·白图泰游记》是一部文笔优美、意境深邃、真实性和纪实性很强的游记文学作品，主要讲述了伊本·白图泰自 1325—1354 年，花了将近 30 年时间，行程近 12 万千米，足迹遍及亚洲、非洲和欧洲的 30 多个国家和地区的旅行见闻。此书用阿拉伯文写成书稿后，于 1355 年问世，鉴于多种原因，当时并没有刊印，只有手抄本在坊间流传，且流传版本较多。直到 1871 年，这部卷帙浩繁的奇书才在开罗印刷出版。

书中的几个章节都生动地记述了年轻的伊本·白图泰如何一步步走出国门，走向世界，实现少年时代追求的赴沙特麦加圣地朝觐，青年时期萌发的环游世界地理探险理想，1346 年到访中国的人生传奇经历和心路历程，以及阅见历史、开创未来的雄心大志，最终成为一位勇敢绝伦、誉满全球的旅行家的故事。

该书具有语言的美感和精神的高度，充满了光彩且惊人的隐喻，传达着伊本·白图泰知难而上、勇于探索的精神，尤其是讲述伊本·白图泰从印度海域乘船抵达中国的经历。伊本·白图泰游历了中国泉州、杭州、广州和北京，在中国生活了一年之久。他亲身领略了中国博大精深的传统文化，加深了对中国的了解，结交了多位中国各界朋友，并与之建立起深厚友谊。《伊本·白图泰游记》记录了中国元代时期的社会生活图景，成为摩洛哥人和几代人中国人的历史记忆。

《伊本·白图泰游记》作为摩洛哥大旅行家伊本·白图泰周游世界伟大壮举的口述实录，凭借其丰富翔实的内容，成为 600 多年来的传世之作，因此，学界认为，继 13 世纪《马可·波罗游记》之后，伊本·白图泰的这部历史著述，不但证明了摩洛哥与中国拥有的友好历史渊源，而且记录了元代海上丝绸之路沿线国家之间开展易货贸易、形成友好互利合作关系的真实故事。

学界专家评述，《伊本·白图泰游记》是一部自然地理学与人文地理学相交融的经典之作，它描绘了一个看似无稽之谈但却真实存在的中世纪人类社会。在这部被称为 14 世纪环游世界的经典图书的章节段落中，蕴含着一种截然不同的地理世界观，其文学书写表达方式的巨大成功，令这部游记 600 多年来一直享誉后世。

读者在翻阅这部数十万言的鸿篇巨制中可以看到，伊本·白图泰忠实地讲述了 14 世纪他所历经的国家和地区的政治、经济、地理、历史和风俗民情，其中包括对当时中国的政治、经济、法律、军队、省份、城市、历史、地理、教育、学校、农业、宗教、文化艺术、社会习俗、宫廷礼仪的介绍。书中还记载了元代海船的船型以及它的建造技术等情况。《伊本·白图泰游记》为中国的专家学者从事中西交通史学方面的理论研究提供了可资借鉴的史料依凭，是研究中世纪亚、非、欧一些国家和地区的社会形态、政治制度及经济生活和社会变迁等诸多领域的一部不可多得的珍贵历史文献。与其说《伊本·白图泰游记》是一本游记，不如说它是一部包罗万象的"百科全书"。这部书问世至今受到摩洛哥、中国乃至世界各国读者的青睐，并在历年历届国际图书博览会上收获热烈反响。

摩洛哥政府历来非常重视《伊本·白图泰游记》的传播和影

响。无论是已故国王哈桑二世，还是现任穆罕默德六世国王，都对《伊本·白图泰游记》情有独钟。摩洛哥王国穆罕默德六世国王曾将 2000 年定为"伊本·白图泰年"。联合国教科文组织同样也十分重视《伊本·白图泰游记》的历史价值和国际影响，曾在 2004 年6 月 8 日，为纪念伊本·白图泰诞辰 700 周年，在法国召开了一次伊本·白图泰巴黎国际研讨会。

摩洛哥著名学者阿卜杜勒·哈迪·塔奇博士如此赞美伊本·白图泰：人们过去谈论，现在谈论，将来也会不断地谈论着摩洛哥大旅行家伊本·白图泰。人们把《伊本·白图泰游记》同其他文字的游记相比较，得出这样一个结论：《伊本·白图泰游记》在阿拉伯旅游文学宝库中是一部光辉闪烁的作品，在世界文学之林中也占有很重要的地位。迄今已有 30 余种版本，并已流传到世界上多个国家和地区。

在此，笔者引用上海外国语大学中东研究所名誉所长、中国—阿拉伯国家合作论坛研究中心主任朱威烈教授的话来作为评价结语："如果我们用认真、严谨的目光看一看伊本·白图泰游历过的距离和他游历、了解的国家、地区的面积，如果我们认真研究一下他的游记的科学价值，我们可以信服地说，伊本·白图泰和他的游记在各个方面，无论是意义的深远，还是影响上都不比马可·波罗和他的游记逊色。"

第二章

《伊本·白图泰游记》在中国的译介

第一节 第一阶段：20世纪20年代

一、《伊本·白图泰游记》进入中国的时间

《伊本·白图泰游记》（中国部分）正式进入中国较为准确的时间是20世纪20年代。摩洛哥王国科学院院士、《伊本·白图泰游记》权威研究专家阿卜杜勒·哈迪·塔奇博士在海洋出版社出版的180万字的《异境奇观——伊本·白图泰游记》（全译本）一书的《序言》中指出："当时，张星烺教授翻译了《伊本·白图泰游记》中的部分章节，即"从印度到中国"。他是根据1888年作古的亨利·玉尔先生（H.Yule）的英文译本和麦奇克先生（Mzik）的德文译本转译的。"

1930年，《中西交通史料汇编》作为"辅仁大学丛书第一种"出版，从收集资料到书成，历时十多年。

在《中西交通史料汇编》一书中，编入了张星烺翻译的《伊本·白图泰游记》的"中国部分"。

张星烺是我国20世纪上半叶史学界著名的学者，以汇编中西交通史料而享有盛誉。他的《中西交通史料汇编》首次汇集了当时相关的主要资料和重要成果，并对中西交通史进行了比较全面的考察和研究。该书收集资料丰富，整理方法较为科学，考释精详，为我国中外关系史学科奠定了基础，是这一学科体系建立的重要标志之一。

....

《汇编》所辑录的域外资料也相当丰富。张氏早年的留学经历，

精通英、德等多门外语，为他广泛搜集域外史料提供了很大便利，也铸就了他准确把握当时国外这一领域学术动向的能力。该书所辑录的42种域外史料中，涉及英、法、德、日等多种语言。既有外国人的"行记"，如亨利·玉尔的《马可波罗游记》、麦锡克的《拔都他印度及中国游记》……

…………

在域外史料中，张氏更关注他人从未翻译过的文献，将很多珍贵资料第一次译介到中国。古代中国与外界交往频繁，来华游历者颇多，他们回国后往往将自己在中国的所见所闻撰写成文，传之于人。这些"游记"生动地反映了当时中国的真实面貌，是研究中国古代史和中西交通史的绝好资料……依宾拔都他①的《游记》、依宾麦哈黑尔的《游记》等，也均属张氏首次辑录、译介。

《中西交通史料汇编》第二册第二编第三章涉及伊本·白图泰及他在中国的游记依次有"第四节摩洛哥旅行家依宾拔都他及其'游记'""第五节拔都他自印度来中国之旅行""第六节拔都他游历中国记"。

《伊本·白图泰游记》随《中西交通史料汇编》的出版开始在中国学术界崭露头角，继而成为中国专家、学者和研究人员撰写中摩关系学术论文时必不可少的第一手重要的历史参考资料。近百年间，成为中国学术界研究中西交通史"非他莫属"的历史文献。

为了进一步说明这个问题，现将李光斌教授在《论伊本·白图泰和他的〈旅途各国奇风异俗珍闻记〉》一文中有关论述《伊本·白图泰游记》进入中国时间的内容摘录如下。

在我国，张星烺曾于1924年根据法、英文译本，将游记中来

---

① 修彩波. 张星烺与《中西交通史料汇编》[J]. 史学史研究，2010（3）：96-98.

华部分译成中文，并加了许多注释（见《中西交通史汇编》第 2 册，1977 年 12 月中华书局出版）。①

这就是《异境奇观——伊本·白图泰游记》在中国最早的版本。

二、张星烺其人其事

张星烺教授
（图片来源：北京师范大学校史研究室网站）

"张星烺"这个名字，对现在的人来说十分陌生，并不是他名气不够大，也不是他贡献不够大，恰恰相反，他是我国著名的历史学家，中西交通史研究领域的代表人物。他凭借深厚的学术基础、丰富的治史经验，将西方学术介绍到中国，这使他成为我国中外关系史学科的重要开拓者和奠基人，在国内外学术界久享盛誉。可见他在中国学术界有着多么重要的地位。

那么，为什么很多现代人都没有听说过"张星烺"的名字？他又是一位怎样的历史人物呢？

---

① 李光斌．论伊本·白图泰和他的《旅途各国奇风异俗珍闻记》[J]．海交史研究，2003（1）：16-29．

我们从张星烺之子、北京师范大学教授张至善撰写的于 2002 年由北京师范大学出版社出版，王淑芳、邵红英主编的《师范之光：北京师范大学百杰人物》中的文章《中西交通史的拓荒者张星烺》和其在《史学史研究》1992 年第 3 期上发表的《记张星烺先生》中了解到：张星烺，字亮尘，江苏省（泗阳）县城厢南园人，生于 1888 年[①]，幼年时从父亲、师长学习中国经典史籍，随其父考入南洋公学又转读于北洋大学堂。1906 年，因成绩优秀被选派公费赴美国留学，进入哈佛大学化学专业学习，是中国最早攻读生物化学的研究生之一。1909 年毕业于哈佛大学化学系，同年转柏林大学从名师 Emil Abderhalden 教授学习生理化学，研究多肽合成，是我国第一个学习生理化学的留学生，他的论文当时在世界上是非常出类拔萃的。其父亲张相文是中国著名地理学家。张星烺职业生涯转向史地研究，深受其父亲张相文的影响。然而，这样一位 20 世纪 20 年代中国学术界德高望重，被称为"史学界博学多才、一代学术宗师"的近代著名历史学家，却在 1951 年不幸逝世，过早地告别学术研究。

张星烺的逝世，使其缺席了后来很多重大学术事件，也逐渐让后人忘记了他的名字。但历史不会忘记他，他的学术成果会一直留在历史长河中，永远让人铭记！

中国人民大学学术期刊中心、中国人民大学图书馆的翟文忠、朱小梅发表在 2022 年第 10 期《新楚文化》上的题为《历史学家张星烺藏书研究》一文，对张星烺教授的学术贡献有如下论述。

张星烺（1888—1951 年），中国近代著名历史学家，江苏桃源（泗阳）人，曾任厦门大学国学院研究教授及国史研究所所长、辅仁大学历史系教授和系主任。张星烺是我国中西交通史学科的重要开

---

① 张星烺的出生年，《记张星烺先生》原文中为 1883 年，疑为排录错误。

拓者和奠基人，在国内外学术界久享盛誉，撰有《中西交通史料汇编》，翻译《马哥孛罗游记》等。1954 年，张星烺之子张至善据张先生遗嘱，将其收藏的图书 4 万余册全部捐赠给了中国人民大学图书馆（以下简称人大馆）。张星烺藏书丰富了人大馆的藏书，成为人大馆特藏中的明珠，引人注目。经过近两年的整理，张星烺藏书大放异彩，彰显了其学术价值和历史价值。①

由此可见，无论在人文社会科学界，还是在自然科学界，张星烺教授皆是中国学术界颇有影响和造诣的历史名人。

尤其值得提及的是，在迎接北京师范大学百年华诞之际，北京师范大学出版社于 2002 年出版了《师范之光：北京师范大学百杰人物》一书。书中张至善教授撰写的题为《中西交通史的拓荒者张星烺》的文章，对张星烺教授的生平多有介绍，现摘编如下。

张星烺在中外关系史上的渊博知识和勤奋严谨的治学态度，使他成为我国中外关系史学科的重要开拓者，在国内外学术界久享声誉。1946—1950 年，张星烺还曾担任中国地理学会理事长，其前身即其父张相文倡办的中国地学会。由于长期带病工作，他的健康状况越来越差，于 1951 年 7 月 13 日与世长辞，终年 63 岁。临终时他给子女留下遗言，把父亲张相文和自己的所有藏书及自己的手稿，全部捐赠。1954 年家属遵其遗嘱将藏书 4 万余册赠给中国人民大学图书馆。其中大部分是古籍线装书，多为山水志、杂志、地方志和清代诗文集，中国人民大学吴玉章校长曾宴请张星烺先生家属，并给予谢金。其藏书经整理后，将部分《地学丛书》《地学杂志》《中西交通史料汇编》等书赠给了全国各大图书馆。②

---

① 翟文忠，朱小梅. 历史学家张星烺藏书研究 [J]. 新楚文化，2022（10）：4-7.

② 张至善. 中西交通史的拓荒者张星烺 [M]// 王淑芬，邵红英主编. 师范之光：北京师范大学百杰人物. 北京：北京师范大学出版社，2002：100-105.

三、张星烺的《伊本·白图泰游记》译介

笔者经检索发现，近代近百年间我国研究、论述《伊本·白图泰游记》的专家学者不少，学术论文也很多。然而，20 世纪上半叶史学界从汇集史料出发，在兼采中西方史料的同时，详加考释，成一家之言，并为学术研究提供了极大的便利，著书立说者却屈指可数。我国中西交通史研究的奠基人之一，著名的历史学家、地学家张星烺教授编注的《中西交通史料汇编》，在 1930 年 5 月由辅仁大学图书馆出版，封面书名为陈垣题字，大 32 开，平装 6 册，被学界认为是我国中西交通史学科的奠基之作，堪称鸿篇巨制。该书内容的时间跨度自西汉中期至明代，以地理区域依次叙述古代中国与欧洲、非洲、阿拉伯、亚美尼亚、伊兰、中亚、印度半岛之交通史。①

该书因辑录资料广泛、内容丰富为学术界所瞩目，各章节中的"附录"为作者的专题研究论著和考证注释，这在中外研究史上可谓一大壮举。特别是该书中译介的《伊本·白图泰游记》（中国部分）的内容，多被研究中摩关系史的学者所引用，可谓研究中摩友好历史关系之重要参考文献。

张星烺在《中西交通史料汇编》一书中说："马哥孛罗以外，其鄂多力克及尼哥康梯二人，皆不及拔都他行程之远，在外之久，及记载详明也。"

为了追根溯源，我找到张星烺教授译介的《伊本·白图泰游记》（中国部分），在友人的点拨下，潜心搜索，终于查阅到一篇中国人民大学学术期刊中心、中国人民大学图书馆翟文忠、朱小梅发表在2022 年第 10 期《新楚文化》上的题为《历史学家张星烺藏书研究》

---

① 张至善. 中西交通史的拓荒者张星烺 [M]// 王淑芬，邵红英主编. 师范之光：北京师范大学百杰人物. 北京：北京师范大学出版社，2002：100-105.

的文章。我茅塞顿开，深感这是对张星烺的《中西交通史料汇编》公允的解读，现摘录如下。

《中西交通史料汇编》，1930 年编注，辅仁大学图书馆出版。该套书是中外关系史学术研究名著选集，张星烺从中外文 42 种史籍中辑录大量有关中外关系史的资料，以地区和国家分类，按时间顺序先后排列，并对其中某些地名和史事详加考释。辑录资料广泛，内容丰富，多为世界名著荟萃。全书 6 册，共分 8 个部分，依次叙述古代中国与欧洲、非洲、阿拉伯、亚美尼亚、犹太、伊兰、中亚、印度半岛之交通史。各章节中的附录为作者的专题研究论著和考证注释。《中西交通史料汇编》是张星烺多年学术钻研的丰硕成果，当时中国史学界甚少此类型资料，一经出版，引起国内外学界的重视。李约瑟在《中国科学技术史》中曾多次引用《中西交通史料汇编》之内容。20 世纪 80 年代初，马可波罗研究专家、南开大学历史学家杨志玖教授在写有关马可·波罗的论文时，该书是他案头常备用书。

读罢上述介绍，我如获至宝，由此对张星烺专题研究论述和考证注释《伊本·白图泰游记》（中国部分）有了大致的了解。

此后，我继续查阅资料寻找依据。令人高兴的是，在 2010 年第 3 期《史学史研究》上我看到时为青岛农业大学人文社科学院副教授修彩波撰写的题为《张星烺与〈中西交通史料汇编〉》的论文，引起了我的注意。我赶忙阅读正文，顿觉心中豁亮起来，阅后深感获益匪浅，由此更加深了对张星烺教授译介的《伊本·白图泰游记》（中国部分）内容的理解。可以说，我从修教授撰写的这篇论文中找到了答案。现部分摘录转载如下。

值得说明的是，《汇编》所辑的域外文献，一些至今仍无新的译本，仍是研究者所必需的参考资料；另有一些文献，尽管已有新的译本，但由于诸种原因仍不能代替张氏当年的译本。如被欧洲称为"中世纪四大游历家"之一的摩洛哥旅行家依宾拔都他所撰的《游记》，详细记录了他东游的纪程，是研究元代中国与非洲、阿拉伯诸国关系的重要史料。

在此引用马金鹏教授、朱威烈教授、李光斌教授对张星烺《中西交通史料汇编》选编《伊本·白图泰游记》（中国部分）评价如下。

马金鹏：世界名著《伊本·白图泰游记》阿拉伯文译本自 1985 年 8 月在我国问世后，得到国内外许多学者的关注。与其他版本相比，《伊本·白图泰游记》校订本确有独到之处。巴黎版本，保存了原书全貌，是研究《伊本·白图泰游记》的好材料。后来，我见到贝鲁特出版的《伊本·白图泰游记》原文全书。至于中文译本，只是张星烺先生在其《中西交通史料汇编》中介绍了《伊本·白图泰游记》中的中国部分，是根据德文译本翻译的。为翻译此书，我阅读了许多旅游方面的图书，如刘半农与其女刘小蕙合译的《苏莱曼东游记》、冯承钧译的《马可·波罗行纪》、张星烺所译的《伊本·白图泰游记》的中国部分。

《伊本·白图泰游记》对中西交通史提供了极为丰富的宝贵资料，我国的丝绸之路，阿拉伯人的香料之路，共同构成了中西交通史上的两条通衢。而伊本·白图泰就是一位这一历史见证的友好使节。[①]

朱威烈：张星烺教授（1888—1951 年）是现代研究伊本·白图泰并把他介绍给读者的中国历史学家之一。年轻时，他曾被派往美国和德国留学，后曾在北京大学、辅仁大学等院校工作，主要研究古代中国与西部国家交往的历史进程。在他的著名作品《古代中国与西部国家的历史材料集》（以下简称《历史材料集》）一书中，提到 1912 年他在柏林得到一本由汉斯迈兹克翻译的德文版伊本·白图泰。在他回国后，将该书的前言和有关中国的章节做了翻译。1918 年，

---

① 杨怀中，马博忠，杨进 . 古老而又年轻的中阿友谊之树长青——记《伊本·白图泰游记》中文译本在宁夏编辑出版的经过 [J]. 回族研究，2015（4）：10-21.

他在日本又得到了一本汉瑞·布勒著的《古代中国名胜集录》。1924
年时，已完成了书中有关中国部分的翻译，并在注解中加了一些详
注。尽管他的这些诠释在很大程度上受汉瑞·布勒的观点影响，但
多数情况下，中国历史学家们还是从他著的《历史材料集》中来求
证研究元代（1271—1368 年）的历史。①

李光斌：1924 年，张星烺教授根据德文、英文译本，将游记中
来华部分译成汉语，题为《摩洛哥旅行家依宾拔都他及其"游记"》，
并根据他的考证以及中国的具体情况增加了许多注释。这是《异奇
观——伊本·白图泰游记》在中国的最早的版本。

张星烺教授在介绍伊本·白图泰和《异境奇观——伊本·白图
泰游记》时说道："公元 1912 年，余留学德国柏林时，购得麦锡克
之德文拔都他《印度中国记》。后归国，客于金陵时，尝译出其'中
国游记'一章并'序言'，唯以草率从事，故迄未敢刊印。民国七年
（1918 年），在日本购得再版之亨利·玉尔所著《古代中国闻见录》。
1924 年，客寓青岛时，乃参校英德文之本，而为今作。本节及以下
两节之文字，均据麦锡克及玉尔二人之书译出写成也。"虽然张教授
仅翻译了伊本·白图泰从印度来华的部分。但是，他是第一位将伊
本·白图泰及其著作《异境奇观——伊本·白图泰游记》介绍到中
国的翻译家。他在将伊本·白图泰介绍到中国来这件事上功不可没，
做出了极大的贡献。②

《中西交通史料汇编》是张星烺教授学术生涯中的重要成果，
尤其是他率先译介的《伊本·白图泰游记》（中国部分），在汉学研
究史上具有重要的学术意义。张星烺教授精通多门外语，在中西交

---

① 朱威烈.《伊本·白图泰游记》在中国 [J].阿拉伯人之家（内部资料），
1999（29）：36-37.

② 郑淑贤，李光斌.伊本·白图泰中国纪行考——从摩洛哥到中国 [M].
北京：海洋出版社，2014：35.

通史研究方面得心应手，一展所长，广搜博采中西文资料，抉微索隐，发前人所未见。《伊本·白图泰游记》（中国部分）的译介，对中国史学界研究元朝时期的中外关系史具有重要的学术价值。

《中西交通史料汇编》，是中国一位著名历史学家毕生为之奋斗的事业的研究成果；是一份富有思想性、科学性和创造性的研究范典。正如业界专家所言，张星烺教授译介的《中西交通史料汇编》中的《伊本·白图泰游记》（中国部分），在"一带一路"倡议的带动下，历史和现实的交汇正

辅仁大学图书馆出版的
《中西交通史料汇编》原著版
（廉超群　供图）

在显现。由此可见，在中摩友好历史上，正是伊本·白图泰和张星烺这两位重要历史人物的率先著述和译介，才使这项利国利民的中摩跨国友好事业得以延续，后继有人。

中华书局 1977 年出版的《中西交通史料汇编》
（图片来源：北京师范大学校史研究室网站）

第二节 第二阶段：20世纪40年代至80年代

一、马金鹏其人其事

马金鹏教授

（马博忠　供图）

马金鹏于1913年6月2日出生在山东济南，1931年毕业于成达师范学校，1932—1936年就读于埃及爱资哈尔大学文学院，曾在国立成达师范学校教授阿拉伯语，1953年调入北京大学东语系阿拉伯语教研室任教。1987年退休。2001年10月24日病逝。

2013年6月19日，马金鹏先生100周年诞辰纪念会在北京大学举行。7月2日北京大学统战之窗统战动态网站发布了马金鹏先生100周年诞辰纪念会在北京大学举行的消息。与会嘉宾踊跃发言，缅怀马金鹏先生的业绩和风范。马金鹏这个名字，将深深地镌刻在中国阿拉伯语界的集体记忆中，他严谨治学的精神，成为中国阿拉伯语学人价值追求的永恒丰碑，跨越时代，历久弥坚。

此次会议的如下报道，深切表达了如今已成为中国阿拉伯语界

"术业有专攻"的栋梁之材，对恩师马金鹏教授的深切、永恒的怀念之情。

来自外交部、中联部、文化部、国家宗教局、国家外文局、总参二部、中国社会科学院外国文学研究所、上海外国语大学等约 20 个单位近百人参加了纪念会，其中包括马金鹏先生亲属，马金鹏先生生前朋友巴勒斯坦前驻华大使穆斯塔法·萨法里尼，马金鹏先生在 20 个世纪 50 年代、60 年代、70 年代、80 年代教过的学生代表，以及阿拉伯语专业的老师和同学等。①

报道最后对马金鹏教授给予高度评价：马金鹏教授学富五车，著述颇丰，翻译出版了《伊本·白图泰游记》，伊本·努巴的《讲演集》，海展迪的《穆罕麦斯五行诗》和《曼丹叶哈》，穆斯塔法·习巴尔的《穆圣史中的借鉴与教训》等译著。在北大 35 年的阿拉伯语教学工作中，马金鹏先生为国家培养了许多阿拉伯语的优秀人才，参与了阿拉伯语语法、阿拉伯语语音教材、《阿拉伯语汉语词典》、《汉语阿拉伯语词典》等教材和工具书的编写和校订工作，同时参与了《毛泽东选集》《毛泽东诗词》的阿语翻译工作。1985 年 8 月，马金鹏教授翻译出版的 40 万字中译本《伊本·白图泰游记》，影响深远，成为了解中阿文化交流的必读书；在耄耋之年，他翻译出版了《〈古兰经〉译注》，为我国《古兰经》研究做出突出贡献。②

回顾《伊本·白图泰游记》译介在我国从起步、奠基、发展到不断开拓的历程，少不了马金鹏教授的心血和贡献。他在中国阿拉伯语的发展历程中，引领了中国阿拉伯语后学者实现薪火相承。

---

① 北京大学官网 . https://tzb.pku.cn/xwzx/tzdt/229363.htm. 登录时间：2023 年 2 月 15 日。

② 北京大学外国语学院阿拉伯语系 . 北京大学官方网站：https://www.arabic.pku.edu.cn/szdw/ygjs/1207798.htm. 登录时间：2022 年 5 月 20 日。

二、马金鹏的《伊本·白图泰游记》译介

（一）前路漫漫，岁月悠悠

再次拜读马金鹏教授译介的《伊本·白图泰游记》，依旧深感这部作品意境深邃，令人爱不释手。这是中国学者依据埃及教育部供中学四年级学生阅读的《伊本·白图泰游记》翻译的首部校订本，呈现给我们历史译介再创造的写作风格，从而使读者深深感受到马金鹏教授阿拉伯语与汉语的功底，让读者身临其境地感受这部译介作品的独特魅力。这其中凝聚着马金鹏教授为翻译这部世界游记名著所经历的 50 个充满艰辛与坎坷的春夏秋冬。

为什么这么说呢？是因为马金鹏自 1932 年底远赴埃及开罗爱资哈尔大学留学期间，便萌生了译介这部书的念头。课堂上，他被埃及老师所讲的这本游记的内容深深吸引。他随即用"以文会友""译文会友"的方式从埃及国立图书馆借到一部 1904 年版本的《伊本·白图泰游记》潜心阅读。借着留学的好机会，他不懂就问，不会就学，光是心得笔记摞起来就有一尺多高。随着阿拉伯语言水平的不断提高，他便开始着手翻译《伊本·白图泰游记》。

马金鹏发现，与其他版本相比，《伊本·白图泰游记》的埃及校订本确有独到之处。校订者在序言中重点介绍了《伊本·白图泰游记》的重要性，世界各地对《伊本·白图泰游记》的重视及研究，以及《伊本·白图泰游记》被翻译为多种语言而成为世界名著之一等情况。书中还插入 11 幅旅行示意图，可使读者对伊本·白图泰在 600 多年前孤身经过近 30 个春秋，走遍旧世界（指新大陆被发现前的地区）大部地区的行迹一目了然。书中还对所涉及的历史、地理、宗教派别、语言文学等方面的疑难问题加以解释，易于读者理解。此外，对于生疏的地名根据原书的文字注音，用符号标音；还增设标题和标点符号，使《伊本·白图泰游记》眉目清晰、句读分明。

特别让马金鹏爱不释手、印象深刻的是，书中不但描写了伊本·白图泰游历世界各国见到的种种奇闻轶事，部分章节内容竟然还介绍了伊本·白图泰于1346年到访中国的游历故事。他尤其被这本书中"满含着东方气息的超妙哲理和流利文辞，以及大量介绍元朝时期民生、民主、民俗等鲜为人知的社会信息"所吸引。为此，他充分利用课余时间，甚至连每一年度学校放的两次寒暑假都不放过，悉心钻研，研读此书，觉得此书内容丰富，"大有翻译之价值"，遂从学生时代起便开始琢磨着如何进行翻译实践。作为来自中国的留埃学生，能在万里之遥的金字塔之国听到这位摩洛哥大旅行家早在600多年前到访中国泉州、杭州、广州和元大都（北京）的信息，马金鹏如获至宝，更增强了他将此书译成汉语的坚定信念。

（二）典籍互译出版价值

谈到此，让我不由得想起马金鹏教授之长子马博忠老师在《先父马金鹏五十年的耕耘与收获》一文中对其父译介作品的评价：

记得对父亲翻译《游记》工作推动最大的，是20世纪60年代周恩来总理和陈毅副总理的非洲十国之行。[1]周总理、陈毅副总理一行到达摩洛哥王国进行友好访问，拜会哈桑二世国王时，哈桑二世国王特意拿出该国奉为国宝的《伊本·白图泰游记》手抄本，请周总理、陈毅副总理观看。他还兴致勃勃地向他们讲述了伊本·白图泰600年前只身访问中国的情况，表示希望加强摩中两国人民的友好关系，令周总理十分感动。会后总理关切地询问随行工作人员，我国有没有《游记》的汉译本，当他听说只有《游记》中国部分节译本而没有全译本时，就指示有关部门加强这方面的工作，组织人力制订切实计划，抓紧时间尽快将《游记》译成中文，使中国人民了解中摩两国人民的友谊。消息传到北大，父亲十分激动，这给他

① 马博忠在《先父马金鹏五十年的耕耘与收获》中对周恩来总理和陈毅副总理出访非洲国家的时间及数量记述有误，此处进行了修正。后同。

老人家的翻译工作增添了新的动力，他决心抓紧时间，争取早日让周总理的这一希望变成现实。

谈到此书在周恩来总理的亲切关怀下，是如何历经坎坷50年后终于在国内与各界读者见面时，以下马博忠老师以极其细腻的文笔，声情并茂地详细叙述了此书编辑出版的全过程。

1985年，在上海外国语学院朱威烈教授和宁夏人民出版社杨怀中先生的热情帮助之下，中国第一部《伊本·白图泰游记》（以下简称《游记》）汉译本终于由宁夏人民出版社出版发行，填补了《游记》没有中文全译本的空白，实现了周恩来总理生前的愿望，受到学术界的广泛重视。《游记》汉译本出版不久，父亲首先想到的是告慰周总理英灵，他给邓颖超委员长写了一封信并献上《游记》一册。他还以回族人特有的悼念方式为已故庞士谦老师和马坚学长做"都阿宜"。父亲把《游记》作为献给恩师马松亭大阿訇91岁生日的礼物，已是耄耋之年的成达师范学校创始人马教长，用一双颤抖的手抚摸着学生的礼物，感受到从未有过的丰收喜悦，含着欣喜的泪花说："从1936年到今天整整50年了，终于完成了这项工作，这是你的成绩，也是成达师范学校的光荣。可以告慰庞士谦阿訇了。"……《游记》问世后，不仅得到学术界重视，我国历届领导人和中国伊协负责人赴摩洛哥访问、学习、考察都携带这本书作为礼物赠送给外国朋友，为增进中摩两国人民的友谊和文化交流做出了贡献。[①]

（三）流年笑掷，未来可期

谈到此，我不禁想起马金鹏教授在"再版译者的话"中曾深情回忆道：

特别应当提及的是解放后不久，敬爱的周总理在非洲十国之行中，曾会见了摩洛哥国王哈桑二世。哈桑二世拿出被奉为国宝的《伊

---

① 马博忠.先父马金鹏五十年的耕耘与收获 [J].阿拉伯世界，2004（4）：6-9.

本·白图泰游记》让周总理看，并一起回忆了伊本·白图泰访问中国这一历史，表明两国友谊源远流长及加强两国间友好关系的愿望。事后周总理希望将《伊本·白图泰游记》译成中文。这件事，给我的翻译工作增添了新的动力。

十年浩劫，许多材料丢失，且因两次心肌梗死，使我几乎一蹶不振，中断翻译十数年。但党的十一届三中全会给全中国带来了春风化雨，尽管我身体欠佳，已头秃齿豁，但看到祖国的四化建设飞进，看到祖国的繁花似锦，便充满了活力。使我在不到两年的时间内，完成了下册的翻译工作。

在翻译原序时，得到叙利亚专家奥贝德的帮助，解决了久悬未决的问题，在此向他致谢。在出版《游记》的工作中，上海外国语学院的朱威烈、宁夏的杨怀中等同志，都大力予以帮助，特别是杨怀中同志，蒙他积极热心地阅稿，提出意见，在此向他们致谢。

在此还要特别感谢北京大学图书馆，因为它为我提供了一切十分宝贵的参考书。还要感谢北京大学东语系的许多同志，他们是蒙古语专业的楚乐特木、印地语专业的殷鸿原、图书室的袁有礼等。

译稿誊清后，交由我的长女马博华阅读润色，由三女马晶描图。此次重印，又将七副交通图补齐，长子马博忠、次子马博孝、三女马晶均协助翻译、复印及制图。①

忆往昔峥嵘岁月，看今朝百舸争流。深入了解了马金鹏教授回顾译介《伊本·白图泰游记》前前后后全过程，我不禁由衷地感慨：一是感慨时光如梭，岁月不居；二是感慨马金鹏教授苦中作乐，勇立潮头的治学精神。

哲学家坦言："历史前进的逻辑，是在展望过去中汲取走向未来

---

① 杨怀中，马博忠，杨进.古老而又年轻的中阿友谊之树长青——记《伊本·白图泰游记》中文译本在宁夏编辑出版的经过 [J].回族研究，2015（4）：10–21.

的力量。它绝不会偏袒和旁落任何一段时光的存在……"著名文学家冰心也曾留下过警示格言："成功的花儿，人们往往只惊羡它现时的明艳，然而当初它的芽儿却浸透了奋斗的泪泉，洒满了牺牲的血雨。"

阅读《伊本·白图泰游记》汉译校订本，眼前出现了马金鹏教授挑灯夜战，争分夺秒，奋力拼搏，逐字逐句，潜心译介的身影。这不正是，一个时代有一个时代的主题，一代人有一代人的使命，译者马金鹏教授译介奋斗一生的生动写照吗？而他的《伊本·白图泰游记》汉译校订本译作完成，回答了人为什么而活和怎样活才能成为一个大写的"人"这一富有哲理的人生观、价值观问题，是一部兼具思想性与艺术性的活教材。难怪这部40万字的译著一经出版问世便引发强烈反响，好评如潮，读者也被他波澜壮阔、荣辱不惊的译介人生所打动，对这位阿拉伯语学界老前辈充满了敬仰之情。

尤其是读罢上述节选的马博忠先生怀念其父马金鹏教授的这段回忆文章，更让我深受感动。的确，游记为媒、文献作证、译介为凭、专家论证。自1985年8月，中国第一部《伊本·白图泰游记》汉译校订本由马金鹏教授从阿拉伯语译成汉语之后，交由宁夏人民出版社正式出版发行，并在中国图书市场问世，而后屡屡再版。从时间上看，距今已近40年的历史了，这是中摩两国关系史上具有划时代意义的重大事件。

由此可见，马金鹏教授的译介之举在中摩两国近代友好人文交往和学术理论研究历史上榜上有名，具有重要而深远的史学传承价值，因而受到中摩两国政府和学术界的高度重视。

40年前这部珍贵译著在中国首次问世，再一次用纸质传媒向世界展现和证明了历史上的摩洛哥与中国之间源远流长的悠久交往历史和有据可考的人文友好关系。而今在"一带一路"倡议推动下，中摩两国各领域互惠互利、务实合作、全面发展，成为战略伙伴关系，便是得益于两国历史文化与文明之间的对话和交往。这其中，包含着伊本·白图泰这位历史名人为中摩友好事业所做出的开创性历史贡献；同时，也有马金鹏教授等中摩民间友好使者、伊斯兰教研究学者所做的有益史学人文典籍互译出版的传承工作。

毋庸置疑，马金鹏教授五十载如一日的潜心译介《伊本·白图泰游记》之举，为中西交通史的研究提供了宝贵资料，影响深远，成为了解中阿文化交流的必读书。鉴此，业界专家学者给出这样的评价，在中国，出版《伊本·白图泰游记》的宁夏人民出版社虽是名不见经传的区区小型出版社，但却高瞻远瞩，在中摩友好交流史上干了一件震惊世界的大事情。① 这话可谓千真万确！

当前，国家深化和加大对外开放的深度和广度，"一带一路"建设为国家发展的重大举措，向西开放、向中东阿拉伯国家开放成为这一举措的重点任务，这也向新时期回族学、伊斯兰学文化、"一带一路"的研究均提出了新的更加现实的课题。

（四）与摩洛哥有缘的中国学者

伊本·白图泰 600 多年前到访游历过中国，回国之后，口述笔录，通过《伊本·白图泰游记》颂赞过中国。这位与中国有缘的摩洛哥人与马金鹏虽不是同时代的人，但其口述的阿拉伯语原著却深深打动了这位留埃中国学子。马金鹏译介的《伊本·白图泰游记》埃及校订本于 1985 年首次问世，后于 2000 年再版，继而又于 2015 年在中国第三次再版，其国际影响是深远的。这期间，其译著曾多次被出访摩洛哥的中国代表团当作国礼馈赠摩洛哥王国两代父子国王。

其实人类的感情是相通的。所谓缘分，也就是联结人与人之间感情的纽带。马金鹏无疑是一位中国阿拉伯语学界的有心人，一位有识之士，为中摩人民增进了解做出了贡献。他的成就，令他的历届学生和中国阿拉伯语学界永远铭记在心。

---

① 马博忠.先父马金鹏五十年的耕耘与收获 [J].阿拉伯世界，2004（4）：6–9.

马金鹏教授译介的埃及教育部版
《伊本·白图泰游记》校订本
（1933）第一部分封面
（廉超群 供图）

马金鹏教授译介的埃及教育部版
《伊本·白图泰游记》校订本
（1934）第二部分封面
（廉超群 供图）

1985 年 8 月宁夏人民出版社出版的马金鹏教授
译介的《伊本·白图泰游记》第一版封面
（马博忠 供图）

2000 年 5 月宁夏人民出版社
出版的马金鹏教授译介的《伊
本·白图泰游记》第二版封面
（马博忠　供图）

2015 年 6 月华文出版社出版的
马金鹏教授译介的
《伊本·白图泰游记》封面
（马博忠　供图）

第三节　第三阶段：进入 21 世纪以后

一、李光斌其人其事

李光斌教授

（李世强　供图）

李光斌，名长生，祖籍天津市宝坻县（今宝坻区）。1936 年 3 月 5 日出生于今天的内蒙古自治区赤峰市红石山下、英金河畔。谢世于 2019 年。

在中国阿拉伯语界，提到李光斌，可谓榜上有名、"术业有专攻"。他于 1956 年考入北京外国语学院英语系，后因外交翻译工作的迫切需要，李光斌被周恩来总理指派到北京大学东语系学习阿拉伯语，毕业后进入外交部从事外事、翻译工作。1966—1971 年，李光斌被借调到毛泽东著作翻译室工作，参与《毛泽东选集》《毛泽东军事思想》《毛主席语录》等阿拉伯文翻译的审定稿工作。1971—1986 年，先后在中国驻科威特、阿曼、也门等使馆长期工作了近 15 年。1991 年，被列入"中华人民共和国人事部专家档案数据库阿拉伯语专家"行列。阿拉伯语正译审，资深翻译，享受国务院颁发的政府特殊津贴、荣誉特殊贡献奖证书。2003 年 11 月，被开罗阿拉伯语言科学院授予"终身外籍院士"荣誉称号。

2004 年，李光斌应邀出席联合国教科文组织在巴黎举办的以纪念伊本·白图泰诞辰 700 周年为主题的"巴黎国际论坛"，在论坛上，他用阿拉伯语作了题为《伊本·白图泰与中国的关系》的演讲。

2005 年，李光斌应邀出席开罗语言科学院年会，在会上作了两场报告，报告题目分别为《伊本·白图泰中国纪行考》《伊本·白图泰——阿拉伯旅行家的泰斗》，并参与了《新编阿拉伯语辞海》的编撰工作。

2006 年，中国与科威特建交 35 周年之际，李光斌受到科威特埃米尔的表彰，获得嘉奖，并被科威特驻华大使巴疆誉为"中阿友好交流的民间大使"。

李光斌发表的主要论文和出版的著作有《伊本·白图泰——阿拉伯旅行家的泰斗》（阿拉伯文）、《论突厥语大辞典——千年前第一部突厥语阿拉伯语词典》（阿拉伯文）、《阿拉伯地名纵横谈》、《论阿拉伯语文字的演变与特征》、《一代天骄阿拉法特与巴勒斯坦问题》、《卡塔尔概况》、《萨达特——中东和平进程的先行者》、《拉宾——和平进程的殉道者》、《沙漠中的王国——沙特》、《科威特八年外交生涯》、《阿曼苏丹国之旅》、《幸福之国也门》、《论伊本·白图泰和他的〈旅途各国奇风异俗珍闻记〉》以及《伊本·白图泰游记中国纪行考》等。

其中主要译著有《异境奇观——伊本·白图泰游记》(全译本)、《赛福奇遇记》、《天房史话》、《戈尔巴乔夫——通往政权之路》、《科威特宪法》、《科威特：事实与数字》、《阿曼概况》、《苏阿德·萨巴赫诗集》及其他数十种政府文件并参与《阿拉伯语汉语词典》的编撰工作。

二、李光斌的《伊本·白图泰游记》译介

2024 年 11 月 1 日，是中国与摩洛哥建交 66 周年的纪念日。我自然会想起摩洛哥大旅行家伊本·白图泰和他享誉世界的《伊本·白图泰游记》，以及李光斌。这两位曾为中摩友好事业做出过重要贡献的历史名人和著名学者，是值得我们后人永远学习景仰的楷模和典范。因为他们是在为中摩两国友好写传记，他们著书立说之举是一种史学创新。

（一）最是书香能致远

《异境奇观——伊本·白图泰游记》(全译本)及《伊本·白图泰中国纪行考》这两部作品，是李光斌通过数十年如一日的辛勤劳作与艰苦付出完成的，充满了他对中摩友好事业的情怀和细腻的情感。《异境奇观——伊本·白图泰游记》(全译本)作为一部翻译作品，在尊重原作品内容的基础上，以简洁优雅的文字介绍了伊本·白图泰将近 30 年的游历经过。《伊本·白图泰中国纪行考》对伊本·白图泰生平以及其在中国的游历进行了考证，使中国人民对中阿古代的交往有了更加深入的认识，成为中国学术界研究中世纪海上丝绸之路的重要参考书籍。

　　李光斌译介伊本·白图泰作品之举产生的国际影响，对于中国学术界深入开展外国文学翻译工作具有引领作用，对于推动中摩两国人民在文学典籍互译领域进行学术交流向纵深发展，对于中摩66年友好历史回顾和两国未来文学译介事业发展，都具有深远的历史意义和重要的现实传承作用。

　　鉴此，笔者认为，时值中摩建交66周年，身为中摩译介文学界的晚辈，理应回顾和传承，理应勿忘和珍视。译作留存，笔者感叹，最是文学润后生，最是译文润乡野，最是书香能致远。

2013年9月15日，吴富贵与李光斌合影

李光斌为吴富贵赠书题签

（二）匠心译介伊本·白图泰

认识李光斌，我是从阅读他的译作《异境奇观——伊本·白图泰游记》（全译本）开始的；读懂伊本·白图泰，我是从阅读李光斌著述的《伊本·白图泰中国纪行考》开始的。如今，李光斌离我们远去已多年，然而他的两本译作留存人间犹如高山，离得越远，越觉得伟岸；犹如一杯清茗，越是慢品，越觉得味道浓郁。

李光斌译作厚重如史，带着中摩学术界专家学者的友情，《异境奇观——伊本·白图泰游记》（全译本）和《伊本·白图泰中国纪行考》，为中摩关系引为骄傲的历史做了重要的注解和补充。600多年前，摩洛哥大旅行家伊本·白图泰口述的历史著作，不但证明了中国和摩洛哥的友好交往历史渊源，更记录了世界各民族之间友好关系的精彩篇章，使之成为推动中国与摩洛哥两国游记文学译介交流发展的桥梁和纽带。

众所周知，文学翻译是跨国社会文化交流的重要桥梁和纽带，是不同国家人民之间相互了解的重要渠道和文化传承的符号。而今站在中摩游记文学翻译领域学术交流的高度，论述李光斌在《伊本·白图泰游记》译介方面所取得的斐然成绩，对中摩学术界来说，具有深远的历史意义和重要的现实意义。

李光斌与伊本·白图泰跨越时空牵手所创造的跨国文学社会价值，如今在中摩现代友好交流史、两国文学译介史和文学理论研究史上均被两国民众传为佳话。他们的著作和译作都对中摩两国民众的人生和世界游记文学产生了深远的影响。

对此笔者认为，相通的文化精神是两国牵手的信物。李光斌因此被国际学界称作"中国的伊本·白图泰"是实至名归的。

一缕丝绸，串起千年历史；一条商路，承载千年文化；一本译介书籍，古为今用，凝结世代友好。什么是"一带一路"上的中摩文学元素？李光斌译介的《异境奇观——伊本·白图泰游记》便是构建文学"一带一路"的中摩文学元素。这一部具有史料珍藏价值的译介作品，成为两国读者一种新的精神力量和崇高梦想。

（三）译介文学文化传承价值

回顾历史，传承友好，展望未来，中国学者李光斌潜心译介《异境奇观——伊本·白图泰游记》之举，开启了中国与摩洛哥学术界翻译出版游记文学译介交流、互学互鉴友好合作的大门，架起了现代两国民众开展人文观光旅游友好往来的桥梁，促进了中摩友好互利合作事业的长足发展。

尤其是中摩两国自1958年11月1日正式建立大使级外交关系至今，66年来，因《伊本·白图泰游记》原著的译介，促进了两国民众的友好往来。伊本·白图泰留下的《伊本·白图泰游记》原著、李光斌留下的《异境奇观——伊本·白图泰游记》（全译本），通过话剧演出、图书展览会、影视拍摄等形式，让两国人民之间的友谊不断加深。

如今在伊本·白图泰的家乡丹吉尔，人们都知道中国有位翻译《伊本·白图泰游记》（全译本）的阿拉伯语学者名叫李光斌，因为现在在摩洛哥丹吉尔博物馆的展厅橱窗内，陈列着李光斌翻译的《异境奇观——伊本·白图泰游记》（全译本）；如今许多中国读者亦知道了摩洛哥有个丹吉尔，丹吉尔有一位600多年前访问过北京、泉州、广州和杭州的摩洛哥大旅行家伊本·白图泰，因为中国多家出版社曾相继出版过《伊本·白图泰游记》。这正是两国文化交流事业的友好见证。在600多年前，伊本·白图泰将中国介绍给摩洛哥人，如今，我们应将李光斌与伊本·白图泰因译介文学结缘的故事著书立说，传递给两国后人。

时至今日，我仍然清楚地记得，在收到张荣老师馈赠的《异境奇观——伊本·白图泰游记》（全译本）后，我高兴万分，尤其是拜读了四位中外政要、驻华大使、两国权威史学专家为该书题写的意味深长的序言之后，我深有感触和启发，使我更进一步了解李光斌在中摩友好历史上所做出的突出贡献：他把优秀的阿拉伯文化遗产译介到中国，是促进中阿人文学术交流的重要历史事件。

2008 年 10 月 1 日，第八届、第九届全国人大常委会副委员长、中国阿拉伯友好协会会长铁木尔·达瓦买提为李光斌《异境奇观——伊本·白图泰游记》（全译本）题写序言，他高度评价此书：《异境奇观——伊本·白图泰游记》（全译本）是一部"百科全书"式的鸿篇巨制。在中国出版从阿拉伯语直接翻译的全译本这还是首次。这部书忠实地记录了摩洛哥大旅行家伊本·白图泰将近 30 年游历各国的见闻。这部巨著内容丰富、语言生动、朴实无华、资料翔实，具有重要的历史价值和现实价值，是研究中西交通史、海上丝绸之路不可多得的参考文献，也是研究中阿、中非文化交流史的重要史料。

摩洛哥王国科学院院士阿卜杜勒·哈迪·塔奇博士是摩洛哥著名学者，曾就读于埃及亚历山大大学，获文学博士学位，回国后出任过摩洛哥驻外大使，后担任过摩洛哥大学国际关系史教授。塔奇博士在开罗科学院第 71 届年会上发表演讲时说："有了中国人参加的伊本·白图泰研究，才能说是完全的、完整的、富有权威性的研究。"①

1988 年 6 月中旬，塔奇博士作为摩洛哥文化大臣访华代表团的成员，曾在北京大学作了一次题为《伊本·白图泰眼中的中国》的演讲。

2003 年 1 月 25 日，他将摩洛哥王国科学院出版物遗产系列之《旅途各国奇风异俗珍闻记》（《伊本·白图泰游记》）阿拉伯文版原著全五册赠予李光斌，并在图书的扉页上用阿拉伯语签名。题词是："赠予李光斌教授。此致敬礼。摩洛哥王国科学院，塔奇博士（签字）2003 年 1 月 25 日。"

---

① 伊本·白图泰口述，伊本·朱甾笔录.异境奇观——伊本·白图泰游记（全译本）[M].李光斌，译；马贤，审校.北京：海洋出版社，2008：7.

2005 年 3 月 17 日，他在致李光斌的授权书中写道："我，塔奇教授，在此将我从古代文献和有关文章、书籍中编纂的《伊本·白图泰游记》五卷以及我所写的有关伊本·白图泰的生平的所有中文翻译的权利永久地授予李光斌教授。我将永远享有所有和此版有关《伊本·白图泰游记》及其生平作品传播的贡献中得到荣誉。"①

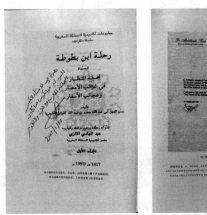

阿卜杜勒·哈迪·塔奇博士的授权书

在《异境奇观——伊本·白图泰游记》（全译本）的序言中，塔奇博士如是说：尽管《伊本·白图泰游记》受到世界各国如此之欢迎，但我们还是感到迫切需要把它介绍到中国。因为伊本·白图泰在他的《伊本·白图泰游记》中有相当多的篇幅谈及中国。他用阿拉伯语率先在 14 世纪向世界其他地区出色地、完整地推介中国。我们每个人都或耳闻或目睹过中国，也就必然会提到伊本·白图泰，必然会听到中国人兴致勃勃地谈起这位伟大的旅行家。

关于读者提出的塔奇博士如何评价李光斌的问题，我记得塔奇博士在给李光斌的译作书写序言时，深情地写道："李光斌教授是位

① 郑淑贤，李光斌. 伊本·白图泰中国纪行考——从摩洛哥到中国 [M].
北京：海洋出版社，2014：39.

卓尔不群的人，今天，当这部阿拉伯重要的文化遗产被译成汉语出版之际，应该感谢这位东方学学长这一开拓之举。此举向中国公民提供了一个中国历史的重要例证。此外，李光斌同仁还从另一个方面提出了新的论证来证明摩洛哥人很早就竞相传播中华文明、赞美中国航海船队之伟大，中国社会之缜密，中国思想家的智慧与才华，他们发明了纸币并精于绘画，致力于人类的繁荣。"

2008 年 11 月《异境奇观——伊本·白图泰游记》（全译本）出版后，2009 年 1 月的摩洛哥当地报纸对此进了相关报道。

2009 年 1 月 21 日，摩洛哥《旗帜报》关于《中国出版〈异境奇观——伊本·白图泰游记〉（全译本）和福建省泉州海外交通史博物馆伊斯兰历史文化陈列馆设立伊本·白图泰雕像》的阿拉伯文新闻报道

2009 年 1 月 17 日，摩洛哥《摩洛哥人报》关于《中国出版〈异境奇观——伊本·白图泰游记〉（全译本）》的阿拉伯文新闻报道

2009 年 12 月 4 日，为祝贺《异境奇观——伊本·白图泰游记》（全译本）的出版，摩洛哥王国国王穆罕默德六世在给李光斌的嘉奖函中高度评价和赞扬李光斌译介此书的辛勤劳作。他说：

我要指出的是，这部珍贵的译著再次展现了历史上摩洛哥与中国之间的牢固关系。这种关系，得益于各种文化与文明间的对话和交往。伊斯兰教的先知，我们的圣人穆罕默德教诲穆斯林说，"求知去吧，哪怕远在中国"，就明确指明要在伊斯兰世界与你们古老的国家间建立接触与了解的桥梁。伊本·白图泰就是一个执着地实践圣人指示的摩洛哥人的代表。

在此，我高度评价为翻译这部著作《异境奇观——伊本·白图泰游记》所做的有益工作。它推动和加强了摩中两国悠久的历史关系；同时，对白图泰翻译研究服务中心所付出的努力给予高度赞扬。我认为阁下所做的工作，相当于几个世纪前伊本·白图泰游历于中国人民之间，现在阁下再现了具有相同价值观和高尚的人道主义目标的两种文化的历史交流。[①]

摩洛哥王国国王穆罕默德六世嘉奖函原文影印件

2010 年 6 月 15 日，摩洛哥驻华大使贾法尔·阿尔热·哈基姆在为李光斌译介的《异境奇观——伊本·白图泰游记》补写的序言中写道：

———————————

① 郑淑贤，李光斌. 伊本·白图泰中国纪行考——从摩洛哥到中国 [M].
北京：海洋出版社，2014：序.

在穆罕默德六世国王陛下写给杰出的李光斌教授的嘉奖函中，将李教授翻译大旅行家伊本·白图泰的《异境奇观——伊本·白图泰游记》，比作若干世纪以前伊本·白图泰出使中国。您又一次完成了传承"具有相同价值观和高尚的人道主义目标的两种文化的历史交流"。

当我们面对这部鸿篇巨制，我们由衷感谢译者为中国读者呈现一部在摩洛哥王国科学院指导下考证严谨、史料丰富、全面的科学巨著。

我相信，任何一位读者，无论从历史、地理、人文关系，或地缘政治层面，都会从中文译著中汲取知识，从历史长河中探索这个伟大的国度，了解拥有数千年文明的伟大人民，从而理解今天中国所取得的巨大成就。

…………

李光斌教授所译《异境奇观——伊本·白图泰游记》一书，为摩中关系引为骄傲的历史作了很重要的注解和补充……①

摩洛哥驻华大使贾法尔·阿尔热·哈基姆所作序言原文影印件

---

① 郑淑贤，李光斌. 伊本·白图泰中国纪行考——从摩洛哥到中国 [M]. 北京：海洋出版社，2014：序.

科威特驻华大使费萨尔·拉希德·盖斯是李光斌的老朋友，当他得知李光斌翻译的《异境奇观——伊本·白图泰游记》（全译本）即将在中国出版时，欣然题写序言：

我荣幸地为译者从事这项伟大工程撰写序言。这项工程不仅为他不平凡的学术成就锦上添花，而且从他向中国读者——占世界人口五分之一以上——介绍具有丰富的海陆游历和阿拉伯历史来看，他也是对辉煌的阿拉伯史做了一份了不起的贡献。我毫不犹豫地同意撰写这一简短的序言，是给予我对他为加强中阿人民之间的相互了解所作的忘我努力表示敬意。祝愿亲爱的中国读者开卷有益，享受阅读。①

2008 年 11 月 1 日，中国社会科学院学术委员会委员、中国元史研究会会长、中国中外关系史学会副会长、中国海外交通史研究会会长陈高华在为《异境奇观——伊本·白图泰游记》（全译本）题写的序言中写道：

承蒙译者厚意，此书正式出版之前我得以先睹为快。读后深感此书对于研究 14 世纪世界历史特别是当时中阿、中非的经济、文化交流具有很高的价值。同时也为研究伊本·白图泰这位中世纪伟大的旅行家提供了详尽的资料。

古代阿拉伯文献对于研究中阿交通、中西交通和"海上丝绸之路"都具有极其重要的价值。但不可讳言，我们对之所知甚少。《异境奇观——伊本·白图泰游记》的翻译问世，有填补空白的意义。

由此可见，李光斌译介的《异境奇观——伊本·白图泰游记》对中摩友好往来以及对中阿历史研究、"海上丝绸之路"研究都具有极其重要的价值。②

学问之道，薪火相传。优良的学术传统，是推动学术研究工作

①② 伊本·白图泰口述，伊本·朱甾笔录.异境奇观——伊本·白图泰游记（全译本）[M].李光斌，译；马贤，审校.北京：海洋出版社，2008.

进步的极其重要的财富，而这种优良的传统，常常在李光斌的身上体现出来。他是中国伊本·白图泰学的倡导者和践行者，他的译著是留给中摩两国后人的一笔值得珍视的学术遗产。

2008 年 11 月海洋出版社出版的
李光斌翻译的《异境奇观——
伊本·白图泰游记》（全译本）

2009 年 6 月海洋出版社出版的
李光斌著《伊本·白图泰中国
纪行考》

2014 年 11 月海洋出版社出版的
郑淑贤、李光斌著《伊本·白图泰
中国纪行考——从摩洛哥到中国》

2016 年 1 月中国旅游出版社
出版的李光斌、李世雄翻译的
《伊本·白图泰游记》（精编本）

第三章

《伊本·白图泰游记》的译介传播及影响

第一节　中摩两国领导人关心的
《伊本·白图泰游记》及其价值

在中国，提起伊本·白图泰，人们首先想到的是他的祖国摩洛哥王国。谈到1930年辅仁大学图书馆出版的《中西交通史料汇编》一书中的《伊本·白图泰游记》（中国部分）编注节译本；1985年8月，宁夏人民出版社出版的《伊本·白图泰游记》汉译校订本；2008年11月，海洋出版社出版的《异境奇观——伊本·白图泰游记》（全译本），读者自然会想到张星烺教授、马金鹏教授和李光斌教授。或许读者从未去过摩洛哥，在译介之前与原著者也只是未见其人，只闻其书。只知道伊本·白图泰曾在600多年前的中国元代游历到访过中国的泉州、杭州、广州和北京（元大都），但是张星烺教授是从英、德版本翻译的《伊本·白图泰游记》（中国部分）编注节译本；马金鹏教授翻译的埃及教育部供中学四年级学生阅读的《伊本·白图泰游记》校订本；李光斌教授翻译的受摩洛哥政府委托，由摩洛哥伊本·白图泰学权威专家、摩洛哥皇家科学院院士阿卜杜勒·哈迪·塔奇博士代表摩洛哥政府赠与他的21世纪摩洛哥王国现代版本的全五册180万字鸿篇巨制阿拉伯文最新原著版本，却深深吸引、打动了几代中国读者。时至今日，很多中国人的书桌和床头还放着这三位教授分别译介的不同版本的《伊本·白图泰游记》。

诚然，张星烺、马金鹏和李光斌三位教授都是20世纪中国最具影响力的阿拉伯语翻译家，他们一生的各个时期都未曾离开过语言教学和学术研究、翻译工作，可谓译著等身。他们的代表作涉及语法、名著、文学、宗教、典籍等各个领域，《伊本·白图泰游记》的翻译对中国现代译坛有着很大影响，对中国读者了解伊本·白图泰及中摩友好历史关系起到了引领作用。在为研究元朝时期中国与阿拉伯国家关系提供了重要文献资料的同时，亦推动和增进了中摩两国历久弥新的传统友谊和现代互惠互利友好合作关系。

三位老教授在耄耋之年，以患病之躯，用毛锥数年的时间，把学术研究的精神发挥到极致，因而受到我国国家领导人及摩洛哥王室父子两代国王的高度重视。张星烺、马金鹏和李光斌俨然成为中国语言学界在这一历史时期的著名学者。他们成为中摩友好典籍互译出版史上，用文学"译文会友"的方式，传承友好的、令中摩两国人从心底永远铭记的学者。

1930 年，42 岁的辅仁大学历史教授张星烺；1985 年，72 岁的北京大学阿拉伯语教授、中国著名伊斯兰学者马金鹏；2008 年，72 岁的中国资深外交官、阿拉伯语翻译家李光斌，分别在三个时间段完成了中国同摩洛哥史学游记、文学交流事业中的经典译著，分别以英译汉、阿译中的形式完成了《伊本·白图泰游记》中文版编注本、校订本和全译本。

只要功夫深，铁杵磨成绣花针。张星烺、马金鹏、李光斌三位教授便是那锲而不舍、金石可镂的"磨针之人"。在校园，他们是辛勤的园丁；在译坛，他们又是当代"译匠"，功劳荣誉属于对中摩两国友好事业做出过巨大贡献的人。中文版《伊本·白图泰游记》是他们给中摩后人留下的珍贵历史文化译介遗产。

2024 年 11 月 1 日，中国与摩洛哥两国共同迎来了第 66 个建交日，恰逢中国学术界译介《伊本·白图泰游记》近百年的时间。为此，我想就中摩两国三代最高领导人关心的《伊本·白图泰游记》及其价值，潜心论述的张星烺、马金鹏、李光斌三位中国学者，以及他们翻译的《伊本·白图泰游记》编注本、校订本、全译本的学术价值，还有中摩两国的传统友好关系，分析《伊本·白图泰游记》跨国人文交流的深远历史价值和重要现实意义。

翻译是不同语言国家之间进行政治、经济、文化等各个领域交流的桥梁。张星烺、马金鹏、李光斌等译介专家在中摩两国间架起了一座人文友好交流互鉴的桥梁，译介文学精品，为中摩两国人民的友谊增光添彩，两国的学者亦在互相译介中结下深厚友谊，激起灵魂深处的共鸣。

人生自古谁无死，留取丹心照汗青。斯人已去，对于攀登者来说，只有身在远处，才能看到高山的雄伟；故人逝去，我们才越发体会到他们的伟大。

空间也许相隔遥远，时间也许流逝久远，但在这三位学者的深情译介中，记忆就像繁星那般熠熠生辉。让我们永远记住那些中摩友好的感人故事，缅怀那些曾为中摩友好奉献心血的译介者。源自中摩两国之间的译介情缘将长存心间，千百年来丝绸之路的友谊华章将在 21 世纪延续不朽。

对于普通中国百姓而言，摩洛哥虽与中国相距万里之遥，但每每提起伊本·白图泰，无论是已过花甲之年的老一辈，还是朝气蓬勃的现代年轻人，不少人竟然耳熟能详。究其原因，只因阅读了张星烺、马金鹏、李光斌三位教授分别译介的《伊本·白图泰游记》汉译本。由此可见，这部作品的历史文化传承价值。

对于拥有这样一位著名历史人物的摩洛哥王国来说，伊本·白图泰曾受到过两代摩洛哥国王的爱戴。从时间顺序上看，从已故摩洛哥国王哈桑二世，到子辈现任国王穆罕默德六世，父子两代摩洛哥国王均对伊本·白图泰和他著述的《伊本·白图泰游记》情有独钟，赞誉有加。

无论是重要国宾来访，还是国王出访，或是在国家元首会谈中，父子两代国王都会向嘉宾或东道主提及和讲述伊本·白图泰周游世界 30 多个国家的历史故事。而特别值得一提的是，从 20 世纪 60 年代起至今，无论是在中摩两国国家领导人进行的国事互访、友好会晤中，还是在有据可考的中阿友好重要历史性国际会议上，摩洛哥大旅行家伊本·白图泰的名字和他著述的《伊本·白图泰游记》及汉译本，每每都会被频繁提及。

中国现任、时任多位领导人访问摩洛哥时，都曾与摩洛哥父子两代国王亲切会见，为中摩友谊书写下华美篇章，见证了摩洛哥王室与中国的不解情缘。

1963 年 12 月 27 日，周恩来总理和陈毅副总理一行到达摩洛哥进行友好访问，哈桑二世国王特意拿出视为国宝的《伊本·白图泰游记》手抄本向周总理介绍了 600 多年前伊本·白图泰只身游历中国的情况。周总理询问随行人员，了解到我国没有《伊本·白图泰游记》全译本，只有《伊本·白图泰游记》"中国部分"的节译时，便指示有关部门加强这方面的工作，组织人力制订切实计划，尽快将《伊本·白图泰游记》译成中文。[①]

1985 年，在上海外国语学院朱威烈教授和宁夏人民出版社杨怀中先生的努力下，中国第一部《伊本·白图泰游记》汉语全译本由马金鹏教授翻译、宁夏人民出版社出版发行，填补了《伊本·白图泰游记》没有汉语全译本的空白，实现了周恩来总理生前的愿望，受到学术界广泛重视。《伊本·白图泰游记》汉译本出版后，马金鹏教授首先想到的是告慰周总理英灵。他给时任全国政协主席的邓颖超同志写了一封信，信中追述了当年周总理的指示精神，介绍了该书的出版经过，并献上《伊本·白图泰游记》一册，寄托一个回族老人对

---

① 杨怀中，马博忠，杨进.古老而又年轻的中阿友谊之树长青——记《伊本·白图泰游记》中文译本在宁夏编辑出版的经过 [J].回族研究，2015（4）：16.

周总理的思念之情。^①

1963 年，周恩来总理访问摩洛哥时，首先来到摩洛哥的北部城市丹吉尔，那里是伊本·白图泰的故乡。周恩来总理说："伊本·白图泰为阿拉伯人、穆斯林和全世界了解中国做出了重要贡献。我们相信，伊本·白图泰在东西方文明的对话中发挥了有力的作用。"而摩洛哥人又把周恩来总理发表纪念伊本·白图泰讲话时站立的地方作为文物保存下来。中摩两国人民的交往和友谊就是这样代代相传的。^②

1987 年，中国学者李华英先生根据中国伊斯兰教协会的安排，前往摩洛哥出席哈桑国王斋月讲学会，他特携带《伊本·白图泰游记》中译本作为敬献礼物之一赠给哈桑二世国王。摩洛哥媒体指出，摩方打破正式礼宾惯例，安排国王接见李华英先生，体现了摩方对摩中关系的重视。由于《伊本·白图泰游记》中译本第一次在伊本·白图泰故乡出现，国王不仅说"好极了"，并指示连同其他两件礼物一同收藏在博物馆中。一时间，此事成为摩洛哥新闻媒体的焦点，记者纷纷采访李华英先生，李先生也成为新闻人物，中国驻摩洛哥大使馆文化参赞对李华英先生表示祝贺说："你以中国学者身份把摩洛哥人视为珍宝的《伊本·白图泰游记》中文译本送到哈桑国王手中，是你在这里备受欢迎的原因所在。"《伊本·白图泰游记》中译本在伊本·白图泰的家乡产生了轰动效应。^③

---

① 杨怀中，马博忠，杨进.古老而又年轻的中阿友谊之树长青——记《伊本·白图泰游记》中文译本在宁夏编辑出版的经过 [J].回族研究，2015（4）：10–16.

② 程涛.中国与摩洛哥的历史情缘和当今友谊 [M]// 孙海潮编.中国和摩洛哥的故事.北京：五洲传播出版社，2019：12–13.

③ 杨怀中，马博忠，杨进.古老而又年轻的中阿友谊之树长青——记《伊本·白图泰游记》中文译本在宁夏编辑出版的经过 [J].回族研究，2015（4）：10–21.

李华英教授将马金鹏教授翻译的《伊本·白图泰游记》
中文译本送到哈桑国王手中
（马博忠　供图）

　　1998 年 12 月，为庆祝中摩建交 40 周年，摩洛哥尤素福首相率
团访华，听我国外交部的同志说，原国家主席江泽民在会见尤素福
首相时说，他曾读过《伊本·白图泰游记》，知道这位摩洛哥大旅
行家。①

　　1999 年 11 月 2 日，原国家主席江泽民对沙特阿拉伯进行国事
访问，在沙特阿拉伯社会各界知名人士座谈会上发表讲话时说："'求
知，哪怕远在中国。'这是穆罕默德的一句名言。中国人民与阿拉伯
人民长久以来相互学习，双方的友好关系源远流长。古老的'丝绸
之路'作为友谊的纽带把我们联结在一起。早在一千多年前，中国
的商船就曾航抵吉达港，中国明朝的郑和率船队七次下西洋，沿途
也访问过吉达港，还到了麦加。早在公元 651 年，阿拉伯帝国的使
者和商人就开始到中国访问、经商，还有一些人定居中国，并在中
国朝廷供职。阿拉伯旅行家撰写的《苏来曼游记》《伊本·白图泰游
记》，向阿拉伯人和欧洲人介绍了当时中国的社会生活、文化、科技

_____

　　① 朱威烈 . 访问伊本·白图泰的故乡［J］. 阿拉伯世界，1999（3）：6-9.

和商业等情况。"①

2009 年 12 月 4 日，摩洛哥国王穆罕默德六世向翻译《异境奇观——伊本·白图泰游记》（全译本）的译者李光斌教授致嘉奖函。②

2014 年 6 月 5 日，习近平主席在中阿合作论坛第六届部长级会议开幕式上的讲话中，首先提到伊本·白图泰的名字，称他为"我们熟悉的中阿交流友好使者"。③

2015 年 6 月，华文出版社出版了《伊本·白图泰游记》软精装本。宁夏社会科学院名誉院长杨怀中先生作为翻译这部名著的组织者之一，欣然应邀为该书作序。他在序言中写道："因为摩洛哥国王访问中国，江泽民总书记接见，他提到中国翻译《伊本·白图泰游记》一事，表示感谢。接见毕，江泽民总书记立即布置国务院、外交部尽快查一查，哪家出版社出版了这部名著？译者、编者都是谁？一查就明白，是宁夏人民出版社出版了这本书，译者马金鹏是北京大学教授，责任编辑是杨怀中。一本书惊动了两个国家的领导人，这在我国出版史上恐怕是少有的。此书是畅销书，早已售罄。出版社也找不到一本库存。后来，出版社同志来我家，要找两本，呈送江泽民总书记审阅。我说，我当责任编辑，每出版一本书，总会留一本作纪念，但我这一本，因时间太久，书的品相不好，呈送江总书记不礼貌。后来社领导决定，立即再开印 5000 册。从这 5000 册中，挑选十几本品相好的图书打包速送江总书记阅览。而此时的译者马

———————

① 江泽民.江泽民对沙特社会各界知名人士发表演讲 [EB/OL]. http://www.news.cntv.cn/China/20111222/114258.shtml. 登录时间：2023 年 6 月 5 日。

② 摩洛哥国穆罕默德六世.致李光斌教授嘉奖函 [M]// 李光斌.伊本·白图泰中国纪行考.北京：海洋出版社，2019：2.

③ 习近平.习近平谈治国理政：第一卷 [M].北京：外文出版社，2014：313–314.

金鹏教授已是 87 岁高龄。"①

2017 年 5 月 14 日，中国国家主席习近平在北京出席"一带一路"国际合作高峰论坛开幕式，并发表题为《携手推进"一带一路"建设》的主旨演讲中，又一次专门提到摩洛哥的大旅行家伊本·白图泰的名字。习近平在主旨演讲中说："中国唐宋元时期，陆上和海上丝绸之路同步发展，中国、意大利、摩洛哥的旅行家杜环、马可·波罗、伊本·白图泰都在陆上和海上丝绸之路留下了历史印记。"②

2017 年 11 月 8 日，在中央电视台播出的时长 46 分钟的《万象》（大国外交）第一集《大道之行》中，播出了中摩两国最高领导人进行历史性会谈的珍贵历史画面。③这段视频的播出，不少人认为这拉近了摩洛哥王室和中国普通民众之间的距离。报道称，这位摩洛哥王室第二顺位继承人对中国进行的历时一周的国事访问具有深远的历史意义和重要的现实意义，并再次显示摩洛哥王室明显比职业外交官更受欢迎。多位中国前驻摩洛哥大使一致表示，中摩文化交流具有重要价值，有助于加深两国关系的纽带。走"文化路线"有助于加强双方了解，减少彼此误解，进一步推动中摩两国政府层面的互信，也有助于中摩关系朝着互惠互利、合作双赢的方向发展。中国媒体表示，摩洛哥国王此次访华，极具象征意义和历史性意义，进一步拉高了处在上升和发展阶段的中摩关系，也表明摩洛哥政府和王室重视中摩关系的长期发展。

---

① 伊本·白图泰．伊本·白图泰游记 [M]．马金鹏，译．北京：华文出版社，2013.

② 人民网．习近平出席"一带一路"国际合作高峰论坛开幕式并发表主旨演讲 [EB/OL]．http:www.cpc.people.com.cn/nl/2017/0515/c64094-29274601.html. 登录时间：2023 年 6 月 5 日。

③ 2017 年 11 月 8 日 CCTV 播出的时长 46 分钟的政论专题片《万象》（大国外交）第一集：大道之行。

专家还指出，摩洛哥王国在阿拉伯世界和非洲国家中具有巨大影响力，深化中摩关系有助于推动中阿关系、中非关系的全面发展。中摩关系未来将成为继中埃和中沙关系之外，推动中阿关系的第三台强有力的发动引擎。

2018年9月5日，习近平主席在会见摩洛哥首相奥斯曼尼时，再次指出："中摩交往源远流长，早在14世纪，摩洛哥著名旅行家伊本·白图泰就来到中国，沟通了中国与非洲和阿拉伯世界的联系。"①

2024年是中摩两国建交66周年，摩洛哥是最早同新中国建交的非洲和阿拉伯国家之一。同时也是《伊本·白图泰游记》成书问世670年。如果两国友好历史关系时间，从当年1346年伊本·白图泰到访中国算起，那么中摩民间友好历史关系，就应该是更加悠远，两国因伊本·白图泰的历史性访问，为友好起点，结为陆上丝绸之路和海上丝绸之路互利共赢的好伙伴，这一跨越亚非两个大陆，两国之间延续至今的深厚友谊，离不开600多年前的历史人物伊本·白图泰。

综上所述，摩洛哥王室父子两代国王、首相，中国国家主席、时任总理等国家最高领导人悉心关注伊本·白图泰和他著述的《伊本·白图泰游记》汉译本在中国的译介出版发行，充分体现了中摩两国领导人从历史角度重视中摩关系、发展中摩关系的深远历史意义和重要现实意义。中摩领导人对伊本·白图泰游历中国史实的重视，必将助推双方在各领域的友好合作，助力学术研究迈上新台阶。

①　新华社. 习近平会见摩洛哥首相奥斯曼尼 [EB/OL]. http:www.gov.cn/xinwen/2018–09/05/content_5319570.htm. 登录时间：2023年6月5日。

第二节 伊本·白图泰永远留在了泉州

14 世纪，摩洛哥旅行家伊本·白图泰通过海上丝绸之路来到中国，第一站是福建的泉州。他在游记中向世界尤其是阿拉伯人民介绍了宋元时期中国的文明和发达的经济社会状况，为促进摩中人民相互了解做出了重要贡献。

一、海上丝绸之路的起点泉州

泉州古称"刺桐"，这个坐落在中国东南沿海的海港城市，已有 1300 多年历史，是海上丝绸之路的重要起点，在连接东西方文明的古代海上丝绸之路上发挥着至关重要的作用。中摩两国交往有据可考的历史文献记载，可追溯到伊本·白图泰乘船抵达泉州港上岸时期，可看作是中摩两国友好交往的重要节点和里程碑。

泉州，一提到它的名字，就令人有一种遥接万代的感情。想想一千多年前，公元 10—14 世纪，这里是一个波涛万顷、热闹非凡、车水马龙的海滨城市。宋元时期，泉州在繁荣的国际海洋贸易中蓬勃发展，是古代海上"香料之路"的起点，也是与埃及亚历山大港齐名的"东方第一大港"，与世界一百多个国家和地区通商贸易，曾有无数的阿拉伯商船和商人汇聚停泊在泉州港，一度呈现"市井十洲人""涨海声中万国商""舟舶继路、商使交属"的繁荣景象。如果说古丝绸之路见证了陆上"使者相望于道，商旅不绝于途"的盛况，那么海上丝绸之路见证了海上"舶交海中，不知其数"的繁华。人们通过绵亘万里的海上丝绸之路，跨越浩瀚大海，以商贸为依托，开展易货贸易，将中国与世界连接起来，促进了各国间的交流，对世界文明的进程产生深远影响和巨大的推动作用。

而今，经过千年的沧桑变化，世界上有多少城市或毁于战火，或埋没在风沙中，或沉入海底，在地图上悄悄消失。而泉州这座滨海的古老城市，长久屹立着，没有湮没，没有荒废，而是旧貌换新颜，一天天发展壮大起来，成为一座享誉世界的历史名城。

进入 21 世纪，特别是随着"一带一路"倡议的实施，今天的泉州更加焕发出耀眼的光彩。它的包容与开放，依旧推动着世界海洋文明的发展，在新的时代中续写更加绚丽的篇章。

2021 年 7 月 25 日，中国第 56 项世界遗产，花落泉州，散落于山海之间的 22 个遗产点，完整地体现了宋元泉州富有特色的海外贸易体系与多元社会结构。这一系列遗产记载着宋元泉州令人瞩目的繁荣与成就。

二、伊本·白图泰"落户"泉州

关于伊本·白图泰与泉州的故事，除《伊本·白图泰游记》中的记载外，李光斌在《伊本·白图泰中国纪行考》中的专章"伊本·白图泰与古城刺桐港"，有片鳞半爪的记载。

伊本·白图泰乘船到达中国的重要港口刺桐港之后，从此登岸。当看到港内有上百条大船，至于小船可谓多得不可胜数的繁荣景象时，他赞叹不已。伊本·白图泰还对刺桐港的地理特征作了详细的描述：刺桐港是"世界上最大的港口，是海洋蚀入内陆，与内陆河汇合而成的天然良港"。至于泉州城的情况，在浏览了泉州市容后，伊本·白图泰真实地描述说："这座城里的居民像中国其他地方的居民一样，也是户户有花园和天井，住宅建在花园当中。这与我国斯基勒马赛城的情形相仿佛。正因为如此，城市都很大。穆斯林居民在城中另辟有住处。"他说："我们漂洋过海，到达的第一座城市刺桐，亦称'橄榄城'，当地以生产锦缎而闻名，并以城名命名叫'刺桐棉'。

外商带到刺桐的货物主要是丁香、胡椒和钻石等，中国出口的商品主要是丝绸、茶叶和瓷器。"①

值得提及的是，2001 年 7 月 18 日，福建省泉州海外交通史博物馆泉州伊斯兰历史文化陈列馆举行奠基典礼。正如阿拉伯驻华使团团长、科威特驻华大使阿卜杜·穆赫辛·纳赛尔·吉安在奠基仪式上致辞时所说：泉州，或者如摩洛哥大旅行家伊本·白图泰一样称它为"橄榄城"，可以说这是最好、最合适纪念他的地方。

在奠基仪式上，摩洛哥驻华大使麦蒙·迈赫迪在致辞中说："如果我们驻足公元 14 世纪，一定会注意到一件伟大的历史事实，即著名的摩洛哥大旅行家伊本·白图泰的中国之行，他从非洲大陆的最西部的摩洛哥王国出发，一直旅行到中国的最东部。"的确，600 多年前的那些日子里，伊本·白图泰正漫步在这座城市的大街小巷。他在"橄榄城"以及中国其他一些地区生活过，之后，他又把这座城市的状况和人们的风俗习惯传播到了一个对中国及其古老文明知之甚少的世界。

对此，摩洛哥政府对这一彪炳史册的英明决定引以为荣，并对此表示赞赏。摩洛哥王国宣布，将为这次伟大的工程捐款作为专用于伊本·白图泰大厅的雕像和装饰。同时，收集一些关于这一伟大人物的书籍。

当天，一尊摩洛哥大旅行家伊本·白图泰的雕像在福建省泉州海外交通史博物馆展厅揭彩。这是一尊具有灵魂的艺术品，它诉说着泉州与这位摩洛哥大旅行家友好交往灿烂辉煌的历史，令人仿佛徜徉于历史长河里，沉醉在文明画卷中。

---

① 李光斌.伊本·白图泰中国纪行考［M］.北京：海洋出版社，2009.

福建省泉州海外交通史博物馆伊斯兰文化陈列馆内的伊本·白图泰雕像

（成冬冬　供图）

伊本·白图泰 (Ibn Battuta)
(1304-1377)

一位走过12万公里、44个国家的摩洛哥大旅行家。
他于1346年从泉州登岸，在中国游历一年。他的游记向
世界介绍了中国的伟大文明，并称泉州为世界最大之港。

Ibn Battuta (1304-1377), a great Moroccan traveller who had been to
44 countries covering 120,000 kilometers, landed at Quanzhou in 1346.
He spent one year in China. His book introduced China's great civilization
to the world and referred to Quanzhou as the world's largest port.

福建省泉州海外交通史博物馆伊斯兰历史文化陈列馆内的伊本·白图泰生平示意牌

2008 年 11 月 25 日，在福建省泉州海外交通史博物馆举行"阿拉伯—波斯人在泉州"专题馆开馆仪式。阿拉伯国家驻华使节团团长、科威特驻华大使、埃及驻华大使及福建省各界人士参加了开馆仪式。

伊本·白图泰雕像的设立，体现了中摩两国人民的深情厚谊，

它作为两国友好的历史见证，必将赢得世界各国人民的高度称赞。同时也让更多的各国专家学者、旅游爱好者认识泉州、走进泉州、结缘泉州，提升泉州在国际社会的知名度和影响力。

站在时空隧道上，笔者眼前瞬间出现两个画面，一个是摩洛哥大旅行家伊本·白图泰的巨幅雕像；另一个是具有深刻历史意义的福建省泉州海外交通史博物馆，恍若置身梦幻。伊本·白图泰和福建省泉州海外交通史博物馆的组合跟上了时代步伐，与时俱进。

仿佛巴黎有莎士比亚故居，洛杉矶有城市之光书店，道至远，心至近，昔日伊本·白图泰今犹在，福建省泉州海外交通史博物馆也早已成为人们眼中摩中友好的文化地标。

正如摩洛哥前驻华大使麦蒙·迈赫迪所说：伊本·白图泰600多年前到访泉州，之后他用《伊本·白图泰游记》将泉州带出了中国，走向了世界。伊本·白图泰这位历史名人与泉州、与中国值得弘扬传承的故事很多，但做好这项工作的基础在于好的组合。名人是一种文化现象，文化名人所代表的是民族历史文化。没有人的因素铺垫的物质展示是无法形成文化影响力的。对摩中两国来说，历史文化名人对于一个城市，一个国家，即使不是灵魂，也是画龙点睛的"睛"。历史名人不单单只是城市、国家的"名片"，更是使后者灵动起来的要素。

第三节 《大国外交》政论专题片中的伊本·白图泰

"国之交在于民相亲，民相亲在于心相通。"2017年11月8日中央电视台播出的六集大型政论专题片《大国外交》首集，在时长

46 分钟的视频节目中，我们看到，2016 年 5 月 11 日，应中国国家主席习近平邀请，摩洛哥国王穆罕默德六世对中国进行国事访问。

摩洛哥在华侨民、留学生、企业经理、驻华外交官收看《大国外交》专题片后，纷纷动情地说，能在摩中建交 60 周年的前夕，身在我的先辈 600 多年前游历过的元大都（现在的首都北京），在《大国外交》专题片中看到摩洛哥元素，我们感到莫大的荣幸。

摩洛哥在华留学生表示，在摩洛哥读过《伊本·白图泰游记》阿拉伯语原著；在北京，读过中国出版的汉译本，书中介绍中国的每一篇文章、描绘的每一幅图景，讲述的每一个城市名称和地名，与《大国外交》纪录片一样，令人回味，同样都凝固着珍贵的历史瞬间。

一位在华摩洛哥企业家说，观看《大国外交》专题片，跟着镜头一起回望历久弥新的摩中友谊。正如纪录片解说词所说，摩中建交以来，两国政治外交关系得到了长足发展，伴随国际格局和世界秩序的演变发展，中国特色大国外交局面全面展开，中国正前所未有地走近世界舞台中心。

观看《大国外交》后使笔者想到，开展国际人文交流是开启中摩关系的钥匙。如今，摩洛哥有四所大学相继开设了孔子学院，令笔者印象深刻的是，在与摩洛哥新闻媒体、和平友好人士、高校师生、普通民众的交往中，发现他们对伊本·白图泰怀有特殊的感情，特别是摩洛哥哈桑二世大学孔子学院成功举办"伊本·白图泰"杯中国文化知识比赛。摩洛哥民众学习中文、认知中国文化的兴趣浓厚，各类文化协会主动举办以中国为主题的活动，为深化中国和摩洛哥关系奠定了坚实的基础。

通过《大国外交》纪录片的热播，让各国观众，特别是摩洛哥观众直观地了解到了一个真实、多元的中国。《大国外交》的解说词中有这样一句话："从童话世界舍夫沙万，到浪漫之都卡萨布兰卡，从'红色之城'马拉喀什，到千年古城非斯，曾经难办签证的'北非花园'摩洛哥，如今处处可见中国游客的身影。"

诚如摩洛哥前驻华大使所说，摩洛哥王国与中国之间的关系源远流长，两国间的友谊已持续了数个世纪。尤其是 14 世纪摩洛哥旅行家伊本·白图泰以民间外交使者的身份，跋山涉水，开启了对中国进行友好访问之旅，增进了两国之间的了解。虽然相隔万里，但中摩两国在文化上却有着很多共通之处。数个世纪以来，摩洛哥人都在使用中国瓷器制作的餐具，并有饮用中国茶的传统习俗，摩洛哥也是中国茶叶第一进口大国；在摩洛哥和中国，人们都有重视家庭观念和尊老敬老的价值观；在摩洛哥某些地区的音乐中，能找到与中国音乐相似的元素；摩洛哥的传统服装卡夫坦长衫也是使用中国丝绸面料制作出来的。①

在对历史事件的不断发现、对历史人物的重新阐释中，重要的是观众能在观赏收看之后要有强烈的情感共鸣。无疑，伊本·白图泰和他的游记将中国介绍给了摩洛哥，《大国外交》专题片将镜头定格在美好瞬间。

第四节 《伊本·白图泰游记》在中国的 传播及影响

说到摩洛哥大旅行家伊本·白图泰口述的《伊本·白图泰游记》在中国的译介及影响，必提及已故的三位著名译介专家。

---

① 孙海潮 . 中国和摩洛哥的故事 [M]. 北京：五洲传播出版社，2019.

一、在中国的译介

（一）首开先河，编注"节译本"

张星烺是中国学术界公认的第一位将《伊本·白图泰游记》引进、编注在《中西交通史料汇编》中的译者。他一生潜心钻研史学，致力于中西交通史编注、教学和研究工作并颇有成绩，成效显著，著作等身。他于20世纪20年代率先在执教期间利用业余时间开展学术研究工作，最终倾数年之功，搜集整理完成了这本20世纪享誉中外学术界、在中西交通史学界具有重要学术价值的《中西交通史料汇编》。

有关张星烺编注《中西交通史料汇编》的历史记录，我查阅到一篇中国台湾政治大学历史系研究生张杨舞撰写的题为《北平辅仁大学中西交通史的萌芽》的硕士论文（指导教授彭明辉博士），文中这样写道："续论陈垣、张星烺二人的治学历程与学术贡献，说明二人如何为辅仁立下中西交通史的研究典范，以及陈垣接掌辅仁大学，如何透过其人际网络罗致师资团队，建立中西交通史课程。证明辅仁已然成为一跨学校、跨国界之中西交通史学术共和国。"

而今摆在我们面前的、张星烺在辅仁大学时编注的《中西交通史料汇编》中译介的《伊本·白图泰游记》（中国部分），便是最先在中国出版发行的版本，张星烺便是第一位译者，由此开启了摩洛哥中世纪游记作品在中国的译介和传播之路。

1977年7月，中华书局也第一次在其出版的《中西交通史料汇编》中的内容介绍证明了这一点，并对该书有关情况作了描述：全书6册，共分8个部分，依次叙述古代中国与欧洲、非洲、阿拉伯、亚美尼亚、犹太、伊兰、中亚、印度半岛之交通史。各章节中的《附录》为作者的专题研究论著和考证注释。其中，第三编《古代中国与阿拉伯之交通》，还以专章收录了伊斯兰教传入中国的有关资料，介绍了阿拉伯地理、历史著作《省道志》《黄金草原》《伊本·白图泰游记》等有关对于中国的记载，对中国伊斯兰教史的研究具有重要学术价值，该书的资料多为研究中外关系史的学者所引用。

此书的出版说明中写道："张星烺先生（1881—1951 年）编注的《中西交通史料汇编》原出版于 1930 年。其后张先生曾继续搜集有关史料，准备增补。现在我们将张先生的原书和他后来增补的材料合在一起，加以整理校订出版。"

由此可见，按时间推论，《伊本·白图泰游记》在中国的译介书籍当属张星烺教授 1926 年完成初稿，1930 年由辅仁大学图书馆出版的《中西交通史料汇编》中译介的《伊本·白图泰游记》（中国部分）为第一部。张星烺是翻译《伊本·白图泰游记》汉译本的第一人。

在论及选取《伊本·白图泰游记》翻译版本的话题时，译介首部《伊本·白图泰游记》校订本的马金鹏教授在"再版译者的话"中指出：世界名著《伊本·白图泰游记》阿拉伯文译本自 1985 年 8 月在我国问世后，得到国内外许多学者的关注。与其他版本相比，《伊本·白图泰游记》校订本确有独到之处。巴黎版本，保存了原书全貌，是研究《伊本·白图泰游记》的好材料。后来，马金鹏教授见到黎巴嫩贝鲁特出版的《伊本·白图泰游记》原文全书。至于中文译本，只是张星烺先生在其《中西交通史料汇编》中介绍了《伊本·白图泰游记》中的中国部分，是根据德文译本翻译的。

关于译介版本这一学术问题，2008 年 11 月出版的《异境奇观——伊本·白图泰游记》（全译本）的译者李光斌，亦在其书中发表自己对这一问题的观点和看法：

1924 年，张星烺教授根据德文、英文将《伊本·白图泰游记》中作者来华部分译成汉语，题为《摩洛哥旅行家依宾拔都他及其"游记"》，并根据他的考证以及中国的具体情况增加了许多注释。这是

《异境奇观——伊本·白图泰游记》在中国的最早的版本。①

时任青岛市历史学会副会长、山东省马克思主义学会会员、《高等教育研究与实践》编委修彩波教授在《史学史研究》杂志 2010 年第 3 期上发表了题为《张星烺与〈中西交通史料汇编〉》的研究论文中也多有论述。

张星烺早在 1912 年便将该书的德文译本——麦锡克译《印度中国记》第一章和序言译出；1919 年，又将其与玉尔的《古代中国闻见录》英文译本相参校，译出了有关中国的部分，分《摩洛哥旅行家及其依宾拔都他（游记）》《拔都他自印度来中国之旅行》和《拔都他游历中国记》三个标题，收录在《中西交通史料汇编》第二章中，共 50 余页。是首次将《伊本·白图泰游记》中国纪行部分英文版译成中文的译作。

（二）50 年磨一剑译介校订本

马金鹏是一位在阿拉伯语教学以及阿拉伯伊斯兰文化研究领域颇有建树的穆斯林学者。他翻译的《伊本·白图泰游记》于 1985 年由宁夏人民出版社正式出版，中译本的出版问世，受到周恩来总理、江泽民主席等党和国家领导人的高度重视，在中国学术界掀起了一股伊本·白图泰研究的热潮。

马金鹏的学生、中国驻埃及、黎巴嫩使馆原武官曹彭龄将军发表在《中华读书报》（2014 年 2 月 19 日 19 版）上题为《马金鹏教授和他译的〈伊本·白图泰游记〉》的文章中这样写道：

我们最早听说伊本·白图泰，还是上世纪 50 年代在北大听马金鹏老师授课时讲的。以致接到母校"纪念马金鹏老师百周年诞辰学术研讨会"的邀请时，我们才顿感对马老师的经历、为人和他的教

---

① 伊本·白图泰口述，伊本·朱甾笔录.异境奇观——伊本·白图泰游记（全译本）[M].李光斌，译；马贤，审校.北京：海洋出版社，2008.

学成果与学术思想，都了解得太少了！

我们是带着歉疚与"补课"的心情去参加纪念会的。会上，从先是马老师的学生，毕业后又在北京大学同马老师共事几十年的张甲民、仲跻昆学长，与晚我们几届的学友朱威烈、郅溥浩，以及马老师长女马博华女士的发言中，才对马老师有了更多了解。

马金鹏的学生和子女回忆说：1963 年周总理访问摩洛哥时，哈桑二世国王曾谈及《伊本·白图泰游记》，周总理随即指示，应组织力量把这些宝贵文献翻译出版。我们想，周总理的指示对马老师无疑是巨大鼓舞。后来听说他果然在继续翻译，但"文化大革命"一来，又被迫中断。马老师后随学校"下放"江西鲤鱼洲时，每天劳动十几个小时，自然更谈不上翻译工作了。但是，他把周总理的指示，看作是对自己的嘱托，每每忆及，总感十分焦虑。"文化大革命"后，教学工作渐入正轨，马老师除全力搞好教学外，又抓紧时间继续翻译。

上海外国语学院的朱威烈教授在北大读书时，便知道马金鹏教授对伊本·白图泰很有研究，在筹划编辑出版《阿拉伯世界》双月刊时，便热心向马老师约稿。20 世纪 80 年代初，马金鹏翻译的《伊本·白图泰游记》在《阿拉伯世界》连载后，在社会上引起广泛关注。随后在 1985 年 8 月由宁夏人民出版社将它正式出版发行。

朱威烈教授除回顾马金鹏教授不计名利低调做人、把满腔热忱付诸教学工作之外，也着重回顾了马金鹏教授二十余年来，如何以坚韧不拔的精神坚持翻译《伊本·白图泰游记》，以及他在翻译过程中所经历的种种磨难。因《伊本·白图泰游记》时间久远，内容庞杂，又无注释本，仅书中出现的国家、城市，当时与现在的名称；各地的总督、素丹、君主、可汗等官员与头面人物；不同国家的不同称谓等，便需一一详查各国古今典籍，加以考证。不然，读者读来便会云遮雾罩，不知所云。其难度可想而知。而马金鹏教授在这方面始终坚持他一贯的敬业、求实、一丝不苟的作风，终于译完了这部巨著。马金鹏教授不仅了却了几十年的夙愿：为完成周总理的嘱托尽自己的绵薄之力，而且也为中国、阿拉伯文化交流史填补了一大缺憾。《伊本·白图泰游记》中文译本的出版，可以说是马金鹏教授倾毕生心血完成的一项可喜可贺的重大成果。

阿拉伯文学研究学者、翻译家郅溥浩先生谈到马金鹏教授翻译的《伊本·白图泰游记》时说，这是一部重要的译著，这部译著出版后受到阿拉伯语学界的很大关注，使中国人民对中阿古代的交流有了更加深入的认识和了解。

为此，马金鹏教授在其《伊本·白图泰游记》校订本"译后记"中这样写道：

《伊本·白图泰游记》是一本世界名著，也是中西交通史上一份极其重要的资料。我对《游记》的兴趣，是在 20 世纪 30 年代留埃时产生的。那时从埃及国立大图书馆里借了一部，记得是上、下两册合订本。读后觉得作者在六百年前孑然一身，走遍世界大部分地区，用了近三十年的时间，把所经之处的政治、历史、地理、宗教派别、语言文学等方面的疑难问题加以解释，易于读者理解。此外，对于生疏的地名根据原书的文字注音，用符号标音；还增设标题和标点符号，使《伊本·白图泰游记》眉目清晰，句读分明。

（三）竭尽心力译介全译本

2008 年 11 月，海洋出版社出版了由资深外交官、高级译审、开罗阿拉伯语言科学院外籍院士李光斌翻译的《异境奇观——伊本·白图泰游记》（全译本）和著述的《伊本·白图泰中国纪行考》，此举受到阿拉伯国家上至国王、下至各界读者的广泛赞誉。

《伊本·白图泰中国纪行考》一书第 32 页这样写道：

1980 年，徐留英与李光斌合作翻译了黎巴嫩出版的经阿里凯塔尼校订的伊本·白图泰的《旅途各国奇风异俗珍闻记》，简称《异境奇观——伊本·白图泰游记》。请木刻家段永智教授雕刻了伊本·白图泰的头像，绘制了旅游线路示意图，交付文化艺术出版社出版。该社选派张章作为该书的责编，并于 1981 年打出清样，计凡千页。但是，由于种种原因，至今未能出版，而且出版社将全部手稿丢失，不能不说是一件不可弥补的憾事。①

时间进入到 1992 年，李光斌曾经就翻译《异境奇观——伊本·白图泰游记》之事与摩洛哥驻华使馆接触。该使馆一秘代表大使回信对此事表示赞赏并予以支持。1999 年阿拉伯国家驻华使节委员会阿中考古工作组，经过阿盟教科文组织的批准，授权李光斌将伊本·白图泰的《异境奇观——伊本·白图泰游记》根据摩洛哥王国科学院院士阿卜杜勒·哈迪·塔奇博士审定的权威版本五卷全文翻译成汉语，作为该考古工作组在华工作的一部分，以飨读者。摩洛哥王国科学院的阿卜杜勒·哈迪·塔奇博士通过摩洛哥王国驻中华人民共和国特命全权大使麦蒙·迈赫迪阁下，授权李光斌翻译由他本人审定的权威版本《异境奇观——伊本·白图泰游记》，并赠予他一套书。

于是，李光斌再次找到徐留英商议此事。徐留英教授由于担负了其他重要工作，无暇顾及此事。李光斌只好一人承担了这项艰巨的翻译任务，重新翻译塔奇博士授权的权威版本。应当说，此次将这部"奇书"翻译成汉语出版，是中阿文化交流与中非文化交流工作中极为重要的事件，具有深远的意义。

被誉为"中国的伊本·白图泰"的李光斌为中摩关系引以为骄傲的历史作了重要的注解和补充。六个多世纪前摩洛哥大旅行家伊本·白图泰的历史著述，不但证明摩洛哥与中国的历史渊源，更记录了世界各民族、各国人民之间友好关系的真实故事。为表彰李光

① 李光斌.伊本·白图泰中国纪行考 [M].北京：海洋出版社，2009.

斌对阿拉伯世界文化遗产的发掘及加强中国与阿拉伯世界友谊做出的突出贡献，2011 年李光斌荣获沙特国王世界翻译奖评委会颁发的"'伊本·白图泰'国王翻译奖"，是迄今为止这个奖项的中国唯一获得者。他译介的《异境奇观——伊本·白图泰游记》（全译本）、著述的《伊本·白图泰中国纪行考》均受到摩洛哥国王穆罕默德·哈桑六世的嘉奖，以及摩洛哥驻华大使贾法尔·阿尔热·哈基姆特致信并高度赞扬。

值得提及的是，在中国《伊本·白图泰游记》研究学界，虽然李光斌的主要身份是一位阿拉伯语言翻译工作者，但他在翻译领域、中阿人文研究领域，特别是在伊本·白图泰学领域颇有建树，卓然成家。他翻译的《异境奇观——伊本·白图泰游记》（全译本）有鲜明的译介个性，显现了他的学术造诣。究其原因，一是他直接基于阿拉伯语原文进行翻译，而不再通过其他语言间接转译，这样做不仅确保了翻译的准确性，而且让中国读者能够更直接、更原汁原味地领略和欣赏到摩洛哥（阿拉伯）游记文学的独特魅力。二是因李光斌教授驻阿拉伯国家的工作经历为翻译提供了便利。这无疑使得《异境奇观——伊本·白图泰游记》（全译本）成为一部可圈可点的精品力作。

阅读李光斌教授的译作和著述，我们不难发现，在信、达、雅译介方面，李光斌译介的《伊本·白图泰游记》在尊重原著的基础上，注重伊本·白图泰内心世界的描述，并对其周游世界的本质意义进行深入探究，揭示了其对生命及其价值和意义的追求。不仅为中国读者提供了丰富的阅读体验，也为社会提供了宝贵的精神食粮。同时，也使中国学术界更加深入地理解和认知元朝时期中国的社会现状、人民生活和历史变迁，对推动中国与世界的交流和相互理解具有十分重要的意义。

习近平总书记强调，讲好中国故事。讲好中国和摩洛哥的故事是我们几代人的责任和使命。张星烺、马金鹏、李光斌三位译介专家，以孜孜不倦的精神，使《伊本·白图泰游记》编注本、校订本、全译本相继在我国问世，在各界读者中留下深刻印象，拥有数量众多读者群。这也是今天讲述中摩友好往来的故事，会受大众青睐的原因之一。

诚然，要想译好一部精良的游记原著作品，译介者必须具备科学的、严谨的态度和极高的译介水平。张星烺、马金鹏、李光斌三位译介专家以其多年的学术译介经验和技巧，多维度、多层次地梳理了中国与摩洛哥的历史，以对自我的高标准翻译了《伊本·白图泰游记》，使《伊本·白图泰游记》成为中国和阿拉伯国家友好交流史上，特别是中摩两国后代"经典永流传"的文学友好信物。

二、在中国的影响

早在 14 世纪，伊本·白图泰用语言文字向西方世界读者描述了神奇的东方——中国元朝时期的历史和社会图景，展示了中国古代的经济繁荣和社会传统文化的独特魅力，如泉州港的繁华情景、精美的丝绸和瓷器、丰富的物产以及社会制度等，激发了西方人对中国的探索和了解的兴趣，并且产生巨大影响，推动了东西方社会文明的交流，让西方国家从中了解中国，从而打开了西方世界认知中国的一扇门，由此促进了东西方文明之间的对话和交流。

在伊本·白图泰的眼中，中国北方城市元大都，可与世界上最大的城市相媲美；中国南方的丝绸、瓷器、橄榄等物产丰富，跟自己家乡的物产如出一辙。看到杭州、广州海港的自然环境，更是盛赞江南地带是中国最繁荣富裕的鱼米之乡。此外他在书中还记述了中国纸币，说一张银票就可以兑换大量的白银；又讲述了中国的煤炭，把煤炭说成黑色的石头，它燃烧起来，放出来的热量比木材大得多。上述这些对中国元朝社会文明的审视和关注，也成为中外学者研究元朝社会经济、民生的资料，因而在世界产生深远影响。

说到《伊本·白图泰游记》在中国的影响，福建省泉州海外交通史博物馆伊斯兰文化陈列馆里有伊本·白图泰的大型立体人物雕像。中国国家图书馆和大专院校、社会科学院史学研究所图书馆能借阅到《伊本·白图泰游记》和讲述他远在中世纪游历中国的各类故事书籍。中华书局、宁夏人民出版社、海洋出版社、华文出版社、中国旅游出版社等出版机构陆续出版过与《伊本·白图泰游记》相关的作品。影视界放映过《伊本·白图泰游记》电影展播。由中国、摩洛哥、西班牙三国艺术家参演的《伊本·白图泰》舞台话剧在上海上演。网络上能搜索并收看到《伊本·白图泰游记》的视频。多种文化史学类报纸杂志发表过刊载各类介绍《伊本·白图泰游记》的文章，高等院校、研究机构召开过多次纪念伊本·白图泰诞辰学术研讨会。

上述这些都说明《伊本·白图泰游记》在我们的社会中有着一定的价值及影响力。

正如马金鹏教授在"再版译者的话"一文中这样写道：

世界名著《伊本·白图泰游记》阿拉伯文译本自 1985 年 8 月在我国问世后，得到国内外许多学者的关注。我国的穆斯林代表团，也将此译本作为礼物送给摩洛哥国王哈桑二世。1999 年，摩洛哥国王访问我国，又一次提到《伊本·白图泰游记》这本书，从而使它得以重印。在此，我由衷地表示感谢。

…………

特别应当提及的是，解放后不久，敬爱的周总理在非洲十国之行中，曾会见了摩洛哥国王哈桑二世。哈桑二世拿出奉为国宝的《伊本·白图泰游记》让周总理看，并一起回忆了伊本·白图泰访问中国这一历史，表明两国友谊源远流长及加强两国间友好关系的愿望。事后，周总理希望将《伊本·白图泰游记》译成中文。这件事，给我的翻译工作增添了新的动力。

李光斌曾撰文写道：与其说《伊本·白图泰游记》是一本游记，

莫如说，它是一本包罗万象的关于 14 世纪上半叶亚、非、欧一些国家社会历史、地理、经济、民俗、宗教诸方面的不可多得的百科全书。他的游记在中国产生了巨大影响，大大促进了中阿之间的文化交流。

李光斌说，《伊本·白图泰中国纪行考》自问世以来，受到了专家学者以及广大读者的热烈欢迎，也得到了许多有识之士的点赞和指正。本书是中国伊本·白图泰学研究系列丛书之一，开启了对阿拉伯大旅行家伊本·白图泰学术研究之先河。

值得提及的是，2008 年 11 月 1 日是中国和摩洛哥建交 50 周年。为此，11 月 25 日，在福建省泉州海外交通史博物馆举行了《异境奇观——伊本·白图泰游记》（全译本）新书首发式。该书译者李光斌对记者说，译著选在这个时间节点出版发行具有深远的意义。他特意从北京赶到泉州参加此书的首发式，并向泉州市副市长捐赠了《异境奇观——伊本·白图泰游记》（全译本）。该书作为泉州海外交通史博物馆伊斯兰文化陈列馆的永久展品予以展出。该书还被开罗阿拉伯语言科学院和摩洛哥王国科学院收藏。

中国驻摩洛哥大使孙树忠在"伊本·白图泰诞辰纪念研讨会"上的讲话中说：

今天我们齐聚一堂，共同缅怀摩洛哥伟大的旅行家、中摩友好交往的先驱伊本·白图泰先生。1346 年，白图泰先生根据先知穆罕默德"求知哪怕远在中国"的教诲，艰难跋涉抵达中国泉州，后到广州、杭州和北京，在中国逗留了 3 年多。他详细考察了当时中国社会的各个方面，并在其游记中向世界尤其是阿拉伯人民介绍了中国古老文明和发达的经济社会状况，为促进中摩两国人民的相互了解做出了重要贡献，在古丝绸之路上留下了千古传诵的一段佳话。

重温古丝绸之路的不朽记忆，正是为了展望新丝绸之路更加美好的未来。

…………

如今，随着中国同欧、亚、非各国关系快速发展，古老的丝绸之路日益焕发出新的生机和活力。中方愿与各方一道，追寻伊本·白图泰等中外交流友好使者的足迹，共同建设 21 世纪的新丝绸之路，努力实现共同发展、共同繁荣。①

北京大学著名阿拉伯语教授仲跻昆在《阿拉伯世界》1981 年第 3 期上撰文说：

在人类已经能登上月球的今天，只要经济条件允许，到世界各地旅游一下自然已经不算什么太难的事情，但是在中世纪，靠着两条腿和最原始的交通工具，从大西洋边、地中海岸来到濒临太平洋的中国，却实在不是一件易事。当年那些背井离乡，跋山涉水，不畏艰难险阻来到中国，并通过他们的游记最早把中国介绍给世界的大旅行家是应当受到我们尊敬和怀念的。所以，在人们津津乐道意大利大旅行家马可·波罗（1254—1323 年）在这方面的贡献的同时，我们不能不想到与他同时代的另一个在这方面有着同样功绩的人，那就是伊本·白图泰。

时至今日，每当人们谈论中摩两国人民通过历史上陆上丝绸之路和海上丝绸之路开展易货贸易、人文交流时，自然会想起中世纪大旅行家伊本·白图泰和他的口述著作《伊本·白图泰游记》及三位中国译介专家和他们的译介作品，同时也会想到三位专家毕生为中摩友好事业所做的贡献。

《伊本·白图泰游记》汉译本的三位译者，充分发挥各自专长，潜心研读原著，把握精神实质，真正学懂弄懂，使其译介的这部作品从不同侧面为中国读者品读中摩友好故事，搭建了两国专家学者及各界读者互学互鉴的平台。对于促进中摩两国人民之间的相互了

---

① 追寻先驱足迹，共谱丝绸之路新篇——孙述忠大使在伊本·白图泰诞辰纪念研讨会上的讲话 [C/OL]. http://ma.china-embassy.gov.cn/xwdts/201402/t20140225_6165826.htm. 登录时间：2023 年 10 月 28 日。

解和友谊做出了重要贡献，因而在中国旅游界、翻译界、外交界、史学界均产生了巨大影响。

究其产生巨大影响的原因，主要是源于伊本·白图泰详细地叙述了中世纪地大物博的中国社会历史文化，让现代中国人对600多年前元朝社会的境况，有了深入的了解。尤其是为中国史学界专家学者开展史学研究提供了重要的参考。

《伊本·白图泰游记》是600多年前的作品，伊本·白图泰是摩洛哥人，讲阿拉伯语，出身于柏柏尔族，所以作品中使用了相当一部分柏柏尔语，以及大量方言土语，令人感到晦涩难懂。据李光斌统计，书中大约使用了13种语言的大量词汇，总数约为600个词语，其中，光是摩洛哥土语就有135个词汇。由此可见，译介工作之艰难。而且马金鹏和李光斌两位译者都是在古稀之年，在他们的脑力、体力和精力都每况愈下，才开始从事译介工作的，这其中的艰难更是令常人无法想象的。

试想，在中国，倘若当年只有张星烺一位译者译介了《伊本·白图泰游记》，一家出版社慧眼识珠出版了这部译作。尔后第二位译者没有出现，最终形成的只能是一花独放的效果。而情形却并非如此。继张星烺之后，马金鹏教授译介的《伊本·白图泰游记》校订本等相继问世，产生了良好的社会效果。此后，李光斌译介的《异境奇观——伊本·白图泰游记》（全译本）接踵而至，由此产生的社会效果和影响力可想而知。

除前面提到的原著"原汁、原味、原生态"和三位专家的译介功力之外，其别具一格的再创作手法也是大受国内读者欢迎的重要原因。他们以其超强的译介文笔，生动地体现出中世纪问世的《伊本·白图泰游记》的独特魅力，让人印象深刻，过目不忘，因而在读者心中引起共鸣。

由此可以断言，以张星烺、马金鹏、李光斌三位译介专家为代表的译介作品，让中国读者从中受益，使读者有机会从摩洛哥大旅行家伊本·白图泰的游历中了解到，早在 600 多年前中国元代社会的人文景况。所以说，三位译介专家功不可没，实至名归，正是他们的精准译介，才在近百年间的中国产生出广泛的社会影响力。他们的译介之举，应该载入中摩友好史册。同时告诫后人，潜心开展外国文学的中国译介研究，是开展国际译坛互学互鉴的有效方式，也是中国译介文化走向世界的重要途径。

中国和摩洛哥都是拥有悠久历史、灿烂文化、文明学术底蕴深厚的国家，《伊本·白图泰游记》为中摩两国开展译介合作首开先河。一本游记，三位近现代学者以译介出版为载体开展文明交流互鉴之举，不仅为夯实中摩人民友好往来奠定了坚实的基础，而且也为未来推动不同文明繁荣进步提供了表率和范例。正如摩洛哥权威学者塔奇博士所说："中国读者之所以对《伊本·白图泰游记》厚爱有加，这是中摩文化相遇与碰撞译介的结果。"

中国学界应该充分用好《伊本·白图泰游记》汉译本这张"译介名片"，在此基础上，深挖中摩友好人物故事，开展两国译介传承交流，互译合作，助力更多典籍著作互译出版。

第五节 《伊本·白图泰游记》在世界史上的地位及影响

伊本·白图泰和他的游历活动不仅在世界历史上占有重要地位，为中摩两国后代留下了宝贵的精神财富，而且产生了无可估量的国际影响。

一、摩洛哥的历史文化遗产

伊本·白图泰一生秉承伊斯兰教先知穆罕默德"学问，虽远在中国，亦当求之"的教诲，周游世界，探知未来的梦想，以其周游东西方30多个亚、非、欧文明国家的亲历，最终实现了自己的梦想。其口述的游记成为14世纪和摩洛哥历史上首部第一手人文旅游文化遗产，开创了阿拉伯游记文学的先河。所论虽限游记，但却推动了世界史学文化遗产的跨国学术研究。《伊本·白图泰游记》以不同语言在多国出版发行，也曾鼎沸一时。摩洛哥旅行家的《伊本·白图泰游记》与意大利旅行家的《马可·波罗游记》对比研究的论文也如雨后春笋。世界人文旅游史的伟大书写，继意大利旅行家《马可·波罗游记》之后，再次从摩洛哥大旅行家口述的《伊本·白图泰游记》开始。

1355年12月7日，《伊本·白图泰游记》被口述成书呈递给马林王朝国王。国王认为这是稀世珍宝，将其收藏于皇家书库，秘不外传。直到1840年，被译成葡萄牙语。19世纪，又陆续被译为法语、拉丁语等。在1929年时才被第一次译成英语，而且是缩略本。全译本是1958年才出现，据统计，到21世纪初有40多个版本。至今已被全部或部分译为亚美尼亚语、德语、捷克语、俄语、法语、波斯语、瑞典语、日语等30多种语言文字。

我常驻摩洛哥期间，曾有幸获得一本《伊本·白图泰游记》原著，欣喜之余，一口气读完了该书作者写在前面的绪论，眼前立刻出现了一幅波澜壮阔的世界历史画卷。掩卷沉思，似乎感觉曾与伊本·白图泰一起经受了30多年的风雨历程。

《伊本·白图泰游记》这部充满着阿拉伯哲理、希腊哲学、印度传奇、中国轶事的游记，以它独有的魅力，在600多年中始终吸引着世界上广大的读者，拥有庞大的读者群。它不仅在学术界为各国学者提供了鲜为人知、内容翔实的第一手资料，而且流传到世界各国与各界读者分享，甚至被拍成影视作品出现在各国舞台或银幕上，成为阿拉伯旅游文学宝库中一部光辉闪烁的作品，在世界文学之林中也占有重要地位。

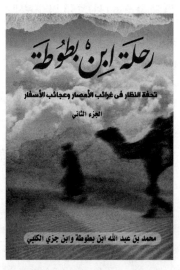

图为埃及出版的
《伊本·白图泰游记》
（埃及学者穆赫辛 供图）

图为 Dar Hendawi 出版的《伊本·白图泰游记》电子版图书封面
（埃及学者穆赫辛 供图）

伊本·白图泰是中世纪四大旅行家中的佼佼者，他是沟通摩洛哥与亚、非、欧各国人民之间友好交往的先驱。他环游世界、周游列国之举，为研究中世纪亚、非各国史地和研究中阿关系提供了珍贵的资料。他是阿拉伯民族的骄傲，更是摩洛哥人民的自豪。在他74年光辉的一生中，具有划时代历史意义和现实意义的《伊本·白图泰游记》，不仅是摩洛哥人民和阿拉伯人民的宝贵财富，也是世界文化宝库中的共同财富。

值得提及的是，近年来，中国驻摩洛哥使馆馆员和中国在摩留学生都很在意阅读和学习《伊本·白图泰游记》原著作品，不少人将《伊本·白图泰游记》列入藏书中的珍品。他们在与人交谈中，往往会提及作为摩洛哥游记文学代表的《伊本·白图泰游记》。特别是在 2008 年创办、2009 年揭牌的摩洛哥穆罕默德五世大学与北京第二外国语学院共同创办的孔子学院，2016 年 9 月 22 日在伊本·白图泰家乡的丹吉尔得土安阿卜杜·马立克·阿萨德大学与江西科技师范大学合作共建的孔子学院，在摩洛哥的经济之都卡萨布兰卡，由上海外国语大学与哈桑二世大学 2013 年揭牌合作共建的孔子学院，以及摩洛哥驻华大使馆，经常会遇到读者来索取阿拉伯文版《伊本·白图泰游记》的相关作品。

二、在世界史上的地位及影响

伊本·白图泰通过自己 30 多年的环游世界经历，讲述了所到国的奇闻轶事。学界专家认为，伊本·白图泰和他的《伊本·白图泰游记》的贡献和独特之处在于，自 1355 年《伊本·白图泰游记》问世至今，无论是当年的摩洛哥，还是元朝时的中国，乃至欧、亚、非国家和地区，在世界历史上都产生过深远的影响。因为伊本·白图泰不以任何意识形态避讳史实，他以亲历为依据，以眼见为史实，描绘了中世纪的世界文明。《伊本·白图泰游记》被赞誉为"世界游记文学园林中的一株奇葩"。

正是因为《伊本·白图泰游记》，让中国走出亚洲，走向世界。在开拓东西方交流方面，《伊本·白图泰游记》做出了巨大的贡献，成为中世纪西方人了解东方世界的一扇重要窗口和史学经典，在世界历史上占有重要位置。因此说，《伊本·白图泰游记》不仅仅是属于摩洛哥的，也是属于全世界、全人类的。从某种意义上讲，中世纪的摩洛哥造就了伊本·白图泰，而伊本·白图泰用游记促进了东西方经济、科技、文化的交流。

伊本·白图泰及其游记在世界史上的地位和影响可以从以下八

个方面加以评价。

第一，伊本·白图泰是中世纪摩洛哥著名的伊斯兰教学者，世界公认的环游各国历程最远、只身在外游历时间最长、到访国家数量最多，著述内容最详尽丰富的杰出旅行家之一。

第二，伊本·白图泰是中世纪四大旅行家中的佼佼者。《简明不列颠百科全书》给予他高度评价，说他是"在蒸汽机时代以前无人超过的旅行家"。近代天文学家以其名字命名了月球上的一座环形山。

第三，伊本·白图泰是中世纪第一位到访过中国的摩洛哥人，中世纪阿拉伯人对地理学的贡献者。他的环游世界之举创造了摩洛哥乃至世界航海游记史上的奇迹，是古代摩洛哥人对世界历史文明与进步做出的不可磨灭的卓越贡献。

第四，《伊本·白图泰游记》是世界游记文学园林中的一株奇葩，堪称阿拉伯文学杰作，是一部研究中世纪亚、非、欧三大洲在历史、地理、民族、宗教、民俗、民生等方面具有史料学术价值的旅行家笔录，被中国学者和各国学者引用，至今仍是研究宋元时代中国与阿拉伯国家关系的重要参考文献。

第五，《伊本·白图泰游记》将中国介绍给伊斯兰世界、阿拉伯世界及欧洲国家方面有着特殊的贡献，并在海上丝绸之路上留下了历史印记。

第六，《伊本·白图泰游记》用通俗易懂的语言文字向西方世界读者描述了中国元代的历史和思想，展示了中国元代的经济繁荣和社会传统文化的独特魅力，如丝绸、瓷器、货币制度等，激发了西方人对中国的了解和探索的兴趣，并且产生巨大影响，推动了东西方文明社会的信息交流，让西方国家从中了解到中国元代社会的政治、经济、文化、宗教、民生、民俗等方面的情况，从而打开了西方世界认知中国的窗口，由此促进了东西方文明之间的对话和交流。

第七，陈高华在为《异境奇观——伊本·白图泰游记》（全译本）所作的序言中所述，"特别值得指出的是，伊本·白图泰由海道来华，这便是人们所说的海上丝绸之路。研究伊本·白图泰访华过程可以有助于我们对海上丝绸之路与伊斯兰文化之间关系的认识。伊本·白图泰认为，刺桐是世界最大的港口。从中我们可以看出泉州昔日的辉煌及其在当时世界港口中所占的重要地位，为研究中世纪中国海外交通提供了重要的信息"。这对研究海上丝绸之路文化具有相当重要的意义。

第八，正如李光斌在其译著《异境奇观——伊本·白图泰游记》（全译本）中所述，"《伊本·白图泰游记》迄今已有 30 多种译本问世，深受各国历史学家、地理学家、宗教学者、社会学者、地名学者、姓名学者特别是东方学者以及研究伊本·白图泰学者的高度重视，由此可以看出，《伊本·白图泰游记》在世界范围内受重视的程度，及在世界史的地位、作用和影响力"。

笔者将近些年世界各地举办的以伊本·白图泰为主题的活动简要列举如下：

在中国 2001 年 7 月 18 日，在福建省泉州海外交通史博物馆伊斯兰历史文化陈列馆奠基仪式上，福建省副省长、泉州市委书记、泉州市市长，以及阿拉伯国家前驻华大使及阿盟驻华大使应邀出席，并相继在奠基典礼上发表致辞。摩洛哥前驻华大使麦蒙·迈赫迪在致辞中提到，有据可考的历史文献记载，从 14 世纪伊本·白图泰访问中国，到 20 世纪 20 年代末《伊本·白图泰游记》进入中国，摩洛哥历史文化典籍被中国著名学者家翻译成汉语言文字，成为中国人民了解摩洛哥王国的桥梁，为中国文化注入了摩洛哥的元素，特别是通过中国学者的译介方式，展现了摩中文化相互交融的无穷魅力和世界意义。为中国学术界研究和了解元代中阿文化初遇时摩洛哥人如何看待中华文化提供了珍贵的史料。

搜索中国网络电视台 CNTV 纪实台"探索发现"节目，能收看到 2009 年 12 月 20 日播出的伊本·白图泰视频节目。预告显示："本期节目走进非洲的摩洛哥，600 多年前，摩洛哥人伊本·白图泰从这里走向了世界。今天我们走进了伊本·白图泰的家乡来了解这位伟大的阿拉伯旅行家。车队一行来到伊本·白图泰的故居、丹吉尔博物馆，拜访了塔奇老人、画家里斯克。元代时，来华最著名的非洲旅行家是摩洛哥人、伊斯兰教徒伊本·白图泰，他所撰《伊本·白图泰游记》对有关中国情况的记载和泉州、杭州、北京等城市的描述均很有价值。"

与这种形式相适应的是，2020 年 12 月 2 日，中华人民共和国文化和旅游部官网上以"线上'中国—摩洛哥旅游论坛'暨'重返伊本·白图泰访华之路'旅游推介会成功举办"为题，对这次推介会进行了报道。为落实中国国家主席习近平与摩洛哥王国穆罕默德六世国王达成的关于"以举办中摩旅游文化年为契机，共同规划疫情后双方人文合作蓝图"的共识，摩洛哥旅游、手工业、航空运输和社会经济大臣阿拉维，中华人民共和国文化和旅游部前副部长张旭，摩洛哥文化、青年和体育部前秘书长阿菲菲，摩洛哥前驻华大使梅库阿尔，中国驻摩洛哥使馆前临时代办茅俊出席活动并致辞。这次"中国—摩洛哥旅游论坛"暨"重返伊本·白图泰访华之路"旅游推介会由中国文化和旅游部与摩洛哥旅游、手工业、航空运输和社会经济部联合主办，中外文化交流中心承办，中国驻摩洛哥使馆、摩洛哥驻华使馆、中国旅游报社和拉巴特中国文化中心特别支持。

2016 年 10 月 16 日晚，在第 18 届中国上海国际艺术节期间，森海塞尔上海音乐厅上演了三台重量级音乐会："意大利花园——法国繁盛艺术古乐团音乐会""奏鸣俄罗斯——王健与陈萨大提琴钢琴音乐会"以及"伊本·白图泰的东方游记——约第·沙瓦尔与晚星 21 世纪古乐团音乐会"。其中，"伊本·白图泰的东方游记"由古乐大师约第·沙瓦尔全新制作世界首演，以音乐的视角挖掘古代摩洛哥旅行家伊本·白图泰将近30年的环球世界旅行。

在摩洛哥 摩洛哥国王将2000年定为"伊本·白图泰年"，此举在摩洛哥乃至世界范围内，都极大地推动了伊本·白图泰学研究的热潮。

在摩洛哥首都拉巴特，摩洛哥中央银行博物馆举办了一次具有教育意义的展览会，吸引了众多游客驻足观看。此次展览从2018年4月26日一直持续到12月31日，它展示了摩洛哥旅行家伊本·白图泰的奇特旅行。

特别值得一提的是，2024年9月，现年70岁的摩洛哥自行车运动员卡里姆·穆斯塔从卡萨布兰卡出发，历时200多天穿越15个国家抵达中国，赶到福建省泉州海外交通史博物馆，为的是见一见坐落在这里的伊本·白图泰雕像。他说，所有摩洛哥人都知道伊本·白图泰，也有很多人知道在中国泉州有这样的一尊雕像。谈及这趟旅行的目的，他说想让伊本·白图泰的故事更加生动。同时表示，中摩两国有着深厚的友谊。也要向大家推介泉州。

在联合国 2004年，联合国教科文组织为纪念伊本·白图泰诞辰700周年，在法国召开了"伊本·白图泰巴黎国际研讨会"。李光斌受邀出席了这一国际盛会，并在大会上作了题为《伊本·白图泰与中国的关系》的主题发言，受到与会各国学者的热烈欢迎。

在埃及 2005年3月21日—4月4日，在首都开罗召开了"埃及阿拉伯语言科学院第71届年会"，李光斌应邀出席，并在此次大会上，他宣读了题为《伊本·白图泰——阿拉伯旅行家的泰斗》的论文，还作了题为《伊本·白图泰中国纪行考》的专题报告。

在阿联酋 2018年9月下旬举办的第18届沙迦"讲述者"论坛上，原泉州市文化局副局长陈日升在演讲中说道：伊本·白图泰是阿拉伯世界极其重要的旅行家和学者，由他口述撰写的巨著《伊本·白图泰游记》，是世界中世纪史上最有名的游记之一，他把中国展示给了当时的世界。其地位相当于中国的司马迁。迪拜城郊有一个规模宏大的市场，叫作"伊本·白图泰市场"，其中分六组建筑物，仿建白图泰旅经的六个国家的建筑风格，所以又称"六国市场"或"国际市场"。当陈日升对青年听众讲述伊本·白图泰于1346 年经由泉州（刺桐）进入中国，并称：泉州的"港口是世界大港之一，甚至是最大的港口"，"港口停有大船约百，小船不计其数"，"该城花园很多，房舍位于园中央"……泉州和广州的瓷器，价廉物美，远销印度等地，甚至到达他的家乡摩洛哥。青年听众听闻，情绪踊跃。纷纷上台来与这位来自阿拉伯先贤们走过的中国泉州讲述者合影留念。陈日升粗略统计，自 2003 年 9 月至 2016 年10 月，共有 22 批来自阿拉伯—伊斯兰国家的外交官和官方人士访问了泉州圣墓和清净寺。

《伊本·白图泰游记》诞生于中世纪，它是古老的，但在 21 世纪的今天，它又是新生的。一部著作推动着中国与摩洛哥，中国与世界、摩洛哥与世界更深入地开展交流与合作。

第六节　中国学术界有关
《伊本·白图泰游记》的研究

近百年来，中国从译介研究《伊本·白图泰游记》，到出版问世，按时间顺序，可分为三个阶段。第一阶段为：20 世纪 20 年代末至30 年代初；第二阶段为：20 世纪 30 年代至 80 年代；第三阶段为：进入 21 世纪以来。

一、译介回眸

在中国，若谈及伊本·白图泰译介学研究，必提《伊本·白图泰游记》。若深谈中国学术界《伊本·白图泰游记》译介研究整体概况，必顺要从《中西交通史料汇编》开始，到《异境奇观——伊本·白图泰游记》止。下面几位业界专家的论述文章可供参考。

（一）第一阶段

中国人民大学学术期刊中心副研究员翟文忠、中国人民大学图书馆研究馆员朱小梅在 2022 年第 10 期《新楚文化》上发表题为《历史学家张星烺藏书研究》一文这样写道：

《中西交通史料汇编》，1930 年编注，辅仁大学图书馆出版。该套书是中外关系史学术研究名著选集。张星烺从中外文 42 种史籍中辑录大量有关中外关系史的资料，以地区和国家分类，按时间顺序先后排列，并对其中某些地名和史事详加考释。辑录资料广泛，内容丰富，多为世界名著荟萃。全书 6 册，共分 8 个部分，依次叙述古代中国与欧洲、非洲、阿拉伯、亚美尼亚、犹太、伊兰、中亚、印度半岛之交通史。各章节中的附录为作者的专题研究论著和考证注释。《中西交通史料汇编》是张星烺多年学术钻研的丰硕成果，当时中国史学界甚少此类型资料，一经出版，引起国内外学界的重视。李约瑟在《中国科学技术史》中曾多次引用汇编内容。①

北京外国语大学海外汉学研究中心教授顾钧在《中华读书报》（2018 年 1 月 3 日 15 版）上发表的题为《〈中西交通史料汇编〉的"Preface"》一文，对此问题也多有论述：

张星烺编注的《中西交通史料汇编》是中国 20 世纪的一部学术

---

① 翟文忠，朱小梅.历史学家张星烺藏书研究 [J].新楚文化，2022（10）：4-7.

名著。全书六册，分为九编：（前编）上古时代之中外交通、（第一编）古代中国与欧洲之交通、（第二编）古代中国与非洲之交通、（第三编）古代中国与阿拉伯之交通、（第四编）古代中国与亚美尼亚之交通、（第五编）古代中国与犹太之交通、（第六编）古代中国与伊兰之交通、（第七编）古代中国与中亚之交通（上、下）、（第八编）古代中国与印度之交通。编者主要利用了中国自上古至明代的丰富史料，并佐以外国学者的论著，完成了这一极具学术价值的工作。

…………

张星烺编注的《中西交通史料汇编》（共六册）早在1930年便作为《辅仁大学丛书》（第一种）问世。此书在20世纪50年代以前曾由辅仁大学多次重印。我局也于1977年请朱杰勤先生重新将此书校订出版。

此后近三十年间中外交通史（中外关系史）的研究已有许多新的发展，但由于张先生这套书资料比较集中，前人的研究成果亦多有参考之处，所以仍是目前中外关系史研究的基本参考书，故现将它再重印。书中除改正排印中的错字外，还恢复了1977年版中被删去原书中的朱希祖"序""自序"和前编"上古时代之中外交通"（汉武帝以前的中外交通）。可见《中西交通史料汇编》前后有三个版本，1977年版是印数最少的，也是最不容易看到的。①

由此可见，综上几位专家论述，可视为《伊本·白图泰游记》进入中国之后，从译介到出版的第一阶段。

此后，随着时间的推移，中国学术界以张星烺教授编注的《中西交通史料汇编》中，以译介的《伊本·白图泰游记》（中国部分）为研究对象的各类学术研究论文也逐见多了起来。

---

① 顾钧.《中西交通史料汇编》的"Preface"[N].中华读书报，2018-01-03（15）.

（二）第二阶段

1985 年 8 月，中国阿拉伯语译坛传来喜讯，北京大学阿拉伯语系马金鹏教授将埃及出版的阿拉伯文校订本《伊本·白图泰游记》翻译成汉译本，由宁夏人民出版社首次出版发行。

杨怀中、马博忠、杨进发表在 2015 年第 4 期《回族研究》上题为：《古老而又年轻的中阿友谊之树长青——记〈伊本·白图泰游记〉中文译本在宁夏编辑出版的经过》一文中这样写道：

一、《游记》中译本的面世，在学术研究领域填补了没有该书中译本的空白，学术研究中也从原来只能依据张星烺先生从德文译出的游记（中国部分）的基础上大大地前进了一步，变成引证马金鹏《游记》中译本为主、参考张星烺中译本的局面。对中国摩洛哥文化交流做出了贡献。

二、使周恩来总理关于尽快把《游记》翻译成中文的遗愿变为现实。1963 年，周总理访问摩洛哥期间，摩洛哥国王哈桑二世拿出视为国宝的《伊本·白图泰游记》向周总理介绍伊本·白图泰 600 多年前游历中国的事迹，周总理向随行人员了解到该《游记》没有中译本，就指示回国后尽快组织人员翻译此书，以增进中摩两国人民的传统友谊。《游记》中译本的正式出版发行，了却了周总理的心愿。为告慰周总理的在天之灵，家父（本文作者之一马博忠先生是马金鹏先生的长子）把新书连同书信一封第一个寄给时任全国政协主席的邓颖超同志，信中追述了当年周总理的指示精神，介绍了该书的出版经过。

三、1987 年，中国伊斯兰学者李华英先生根据中国伊斯兰教协会的安排，前往摩洛哥出席哈桑国王斋月讲学会，携带《游记》中译本作为敬献礼物之一赠给哈桑二世国王。由于《游记》中译本第一次在伊本·白图泰故乡出现，国王不仅说"好极了"，并指示连同其他两件礼物一同收藏在博物馆中。

一时间，此事成为摩洛哥新闻媒体的焦点，记者纷纷采访李华英先生，李先生也成为新闻人物，中国驻摩洛哥大使馆文化参赞对李华英先生表示祝贺说："你以中国学者身份把摩洛哥人视为珍宝的《伊本·白图泰游记》中文译本送到哈桑国王手中，是你在这里备受欢迎的原因所在。"《游记》中译本在伊本·白图泰的家乡产生了轰动效应。①

由此可见，上述马金鹏教授译介的40万字的《伊本·白图泰游记》校订本可视为《伊本·白图泰游记》在中国从译介到译介出版的第二阶段。

（三）第三阶段

2008年11月，中国阿拉伯语专家李光斌教授译介的大部头180万字的《异境奇观——伊本·白图泰游记》由海洋出版社正式出版发行。

正如摩洛哥王国穆罕默德六世国王为李光斌教授的译作《异境奇观——伊本·白图泰游记》题写的序言所说：

我要指出的是，这部珍贵的译著再次展现了历史上摩洛哥与中国之间的牢固关系。这种关系，得益于各种文化与文明间的对话和交往。伊斯兰教的先知，我们的圣人穆罕默德教诲穆斯林说，"求知去吧，哪怕远在中国"，就明确指明要在伊斯兰世界与你们古老的国家间建立接触与了解的桥梁。伊本·白图泰就是一个执着地实践圣人指示的摩洛哥人的代表。②

摩洛哥王国科学院院士、《伊本·白图泰游记》权威研究专家阿

---

① 杨怀中，马博忠，杨进.古老而又年轻的中阿友谊之树长青——记《伊本·白图泰游记》中文译本在宁夏编辑出版的经过[J].回族研究，2015（4）：10-21.

② 伊本·白图泰口述，伊本·朱甾笔录.异境奇观——伊本·白图泰游记（全译本）[M].李光斌，译；马贤，审校，北京：海洋出版社，2008.

卜杜勒·哈迪·塔奇博士称赞说："该书是迄今为止最权威、最完整的版本。结束了世上没有汉语全译本的历史，具有重要的历史意义和学术意义。"

该书出版后，受到国内外学术界、翻译界与新闻媒体的广泛好评。因此，摩洛哥王国科学院、埃及开罗阿拉伯语言科学院将其收为馆藏书并为此举行了专题论坛。联合国教科文组织在巴黎就该书翻译出版与中摩、中阿、中非关系举行了演讲会。摩洛哥政府将其定为国宾礼品书。摩洛哥三大报纸都发表了相关报道。在卡塔尔穆扎王妃的关怀下，在多哈举行的"海上与沙漠中的阿拉伯人国际论坛"上，由卡塔尔教育大臣库瓦里博士向此书译者李光斌颁发了翻译奖。

由此可见，李光斌译介的《异境奇观——伊本·白图泰游记》（全译本）可视为《伊本·白图泰游记》在中国的译介出版的第三阶段。

2009 年 6 月，李光斌撰写的《伊本·白图泰中国纪行考》平装本由海洋出版社出版。

2010 年 6 月 15 日，摩洛哥驻华大使贾法尔·阿尔热·哈基姆在为李光斌译介的《异境奇观——伊本·白图泰游记》补写的序言中写道：

在穆罕默德六世国王陛下写给杰出的李光斌教授的嘉奖函中，将李教授翻译大旅行家伊本·白图泰的《异境奇观——伊本·白图泰游记》，比作若干世纪以前伊本·白图泰出使中国。您又一次完成了传承具有相同价值观和高尚的人道主义目标的两种文化的历史交流。

当我们面对这部鸿篇巨制，我们由衷感谢译者为中国读者呈现一部在摩洛哥王国科学院指导下考证严谨、史料丰富、全面的科学巨著。

我相信，任何一位读者，无论从历史或地理或人文关系，或地缘政治层面，都会从中文译著中汲取知识，从历史长河中探索这个伟大的国度，了解拥有数千年文明的伟大人民，从而理解今天中国所取得的巨大成就。

…………

李光斌教授所译《异境奇观——伊本·白图泰游记》一书，为摩中关系引为骄傲的历史作了很重要的注解和补充……①

2016 年 1 月，中国旅游出版社以"世界著名游记丛书"形式正式出版了李光斌、李世雄译，马贤审校的《伊本·白图泰游记》上、下册平装本。

在这一阶段，中华书局 2003 年出版的《中西交通史料汇编》（四册）是该书现在最为通行的版本。

2018 年，华文出版社出版了《中西交通史料汇编》（全 5 册）精装本。

二、译介归纳

在中国《伊本·白图泰游记》的翻译出版实践使我们清楚地认识到，进一步加强中国《伊本·白图泰游记》译介研究能力建设，是在国际学术译坛上提高中国译介研究形象和影响力的必要举措，因为这是展现中国译介研究水平、探究和传承中摩友好交往历史必做的历史学术研究课题。

特别是要推进国际译介传播能力建设，通过准确传神的翻译介绍，让世界更好地认识新时代的中国。国际译介传播对推进中外文明交流互鉴，无疑具有的重要作用。

从 20 世纪 20 年代译介、出版、讲好中摩友好故事，再到近百年间的今天，如何讲好中摩文明交往故事，对我们来说本质上就是

---

① 郑淑贤，李光斌.伊本·白图泰中国纪行考——从摩洛哥到中国 [M].北京：海洋出版社，2014.

讲好中国故事，这无疑是一件对世界人民有意义和价值的事情。由此可见，以此为节点，历经近一个世纪之后，中国译介研究出版传播的责任和方向又摆在我们这代人的面前。

因此，归纳总结近百年间中国译介出版《伊本·白图泰游记》传播生态的发展脉络，是中国伊本·白图泰学的研究向纵深发展的重要举措。

译介作为桥梁和纽带，从历史和现实、理论和实践相结合的角度，服务于中摩人文交流，促进中摩民心相通和文明互鉴，是中摩友好历史赋予译介研究出版者的神圣使命。

本书旨在以中国出版译介《伊本·白图泰游记》的百年历史为研究对象，从首部《伊本·白图泰游记》的译介出版时间和地点、译介者的精神使命、出版的最终目的三个方面探析译介出版内外原因。进而概括归纳近百年间，《伊本·白图泰游记》在中国译介出版的生命旅程的意义，及其在促进中阿文化、旅游、科技、学术交流和典籍互译出版史上所具有的独特价值。

文化和旅游合作是中阿文化交流的重要组成部分，更是促进两国人民相互了解的重要方式。正如摩洛哥王国科学院院士、开罗阿拉伯语言科学院外籍院士、伊本·白图泰学权威专家阿卜杜勒·哈迪·塔奇博士赞誉伊本·白图泰，"他被他同时代的著作者誉为'遨游全球，穿越五湖四海'的阿拉伯和非阿拉伯的旅行家。全世界的人们议论他的具有深远意义的伟大《游记》，把他的《游记》同其他文字记载的《游记》相比较，得出这样一个结论：他的《游记》是全人类历史上无与伦比的最伟大的《游记》。

在中西交通史上，《伊本·白图泰游记》内容独树一帜，除记录了许多国家鲜为人知的历史事件，具有丰富的史料学术价值外，他的作品接地气，朴实无华，深入人心，被阿拉伯人誉为"开创了阿拉伯游记文学的先河""14 世纪世界四大旅行家中出类拔萃的佼佼者"。以《伊本·白图泰游记》为推进中阿文旅合作的重要抓手，也将成为中阿人文交流机制化的重要平台。

另外，《伊本·白图泰游记》的风格还见诸他极有个性的语言。他是一位能讲阿拉伯语、突厥语和波斯语的旅行家，而且每种语言他都能运用得娴熟流畅，其《游记》的语言风格征服了一代又一代的摩洛哥乃至东西方国家的各界读者。这位伟大的旅行家已经不单单是摩洛哥的旅行家，他著述的《伊本·白图泰游记》，已成为世界文化宝库中珍贵的历史遗产和全世界人民的共同财富。

难怪他的作品被世人称为讲述世界地理、历史、人文社会的"百科全书"。尤其是其中关于中国的部分被视为"东方赠给西方的最好礼物"，是海上丝绸之路与中阿文化交流的光辉结晶。

第七节　寻找马金鹏译介《伊本·白图泰游记》亲笔墨迹

众所周知，《伊本·白图泰游记》是阿拉伯世界众多游记著作中一部极为重要的代表作。在人类文明发展史上，是研究东西方各国人文交流史具有重要学术价值的珍贵历史文献，因此也被世界各国专家、学者重视，至今仍为研究宋元时期中国与阿拉伯国家关系的重要资料。600多年来，无论对摩洛哥、中国乃至世界各国的读者来说，都具有吸引力和感染力。特别是马金鹏教授译介的《伊本·白图泰游记》校订本，自1985年由宁夏人民出版社出版发行以来，已多次再版重印，现已成为众多中国读者了解摩洛哥王国的"明信片"。

如今，翻译《伊本·白图泰游记》校订本的马金鹏教授已去世20多年，他留下的《伊本·白图泰游记》译介手迹现在存放在哪里？

我试图用图文并茂的形式向各位讲述马金鹏教授背后博大的人文情怀和鲜为人知的中摩译介友好故事，以便为中摩两国人文交流和译介事业传承注入新的活力。

一、60 年前的译介手稿

2021 年 9 月 19 日，我再次慕名来到马金鹏教授的长子马博忠老师的家中，见到了这位年近八旬精神矍铄、思维缜密、热情好客的老人。在马博忠老师书房的书架上，摆放着马金鹏教授不同时期翻译出版的著作。那些年代久远的图书，封面已经泛黄，有些甚至还是繁体和手写的版本。

马博忠老师从抽屉里拿出一沓手稿，展示给我看。手稿上，马金鹏教授在印有"北京大学"字样的稿纸上，手写的钢笔字清晰可见……这些译文手稿能留存到今天实属不易。马金鹏教授的中文字迹清秀隽美，阿拉伯数字符号清晰工整，他手画的图形也很标准规范。今天能亲眼看见马金鹏教授的译文手稿，真是一件幸事。无论从哪个角度看，马金鹏教授的手稿都留给我们无尽的启迪与思考。

"这都是我父亲留下来的宝贵手稿资料。"马博忠老师将其父马金鹏翻译《伊本·白图泰游记》译文留下的 20 册、厚厚一摞手稿摆放在客厅的桌面上。马博忠老师说，父亲留下的宝贵精神财富我们会永远继承下去的。

看到手稿上密密麻麻的译文，还有各种颜色的修改文字，我深深体会到这位大翻译家严谨的治学精神。马金鹏教授以持之以恒忘我的精神潜心从事他的《伊本·白图泰游记》译介工作，这给当代翻译工作者和学术界很大的教育和启示。

当我走到马金鹏教授翻译的《伊本·白图泰游记》的中文手稿前，看到这位大翻译家在钢笔字手稿的基础上，又重新用毛笔誊写了定稿，对于多年从事阿拉伯语言文字翻译工作的我来说，有一种强烈的震撼和触动。由此我不禁想起两位学者说过的话，颇有同感。刘根生发表在 2015 年 6 月 15 日《人民日报》第 4 版题为《"忘我"是一种境界》的文章中写道：

何尝想过有没有掌声？盯着名利干事，则难免急功近利，以致动作走样，欲速而不达；盯着责任干事，则会专心致志于事业，以止于至善的精神为社会奉献"良心制作"，于"不闻掌声"中最终赢得掌声。有什么样的人生态度，就有什么样的工作状态。不刻意而高，无功名而治。"无不忘也，无不有也"。

复旦大学法文系主任袁莉曾说过：

翻译，非常难得地被关注、被讨论、被打量……在全球化时代的今天，所有的事都或多或少会跟翻译扯上关系，就算是一些不相关的学科，比如科研成果的有效传播，也需要通过好的翻译。①

因此说，写作难，翻译更难。无论书籍、还是文章，做到翻译标准的信、达、雅，外文和中文功底都要非常好，兼具文学修养、知识面、悟性和才情，甚至还要几分灵性，所以好的译者特别稀少，争做译介事业最合格的砖瓦非常重要。

二、译介手稿之美

马博忠老师意味深长地说："父亲写得一手漂亮的字，父亲的文笔也非常好。父亲当年在北京大学是阿拉伯语教授。当年的教学讲义，无论是大小会议，还是大小演讲，他从来都是自己写发言稿。记得在 2000 年的时候，父亲给我看了他的手稿。在父亲眼里，这些手稿是心血，在我们的眼里是传家宝。就在那一刻，突然地，我忍不住想流泪，人们常说说父爱如山，今天我才真正感觉到它沉重的分量。父亲的手稿可说是无价之宝。"

---

① 孙佳音.对翻译事业应予鼓励和尊重［EB/OL］. https://www.sta.org.cn/02zxzx/detail.asp?id=4903.登录时间：2023 年 5 月 9 日。

看着眼前这些珍贵的译文手稿，怎能不叫人感动。密密麻麻的文字都是马金鹏教授夜以继日用心血写成的，在马金鹏教授笔下一个鲜活的伊本·白图泰跃然纸上，一个个游历故事浮现在我眼前。

在这次拜访中，睹物思人，我似乎看见了马金鹏教授多年如一日伏案挑灯夜战的身影。这些微微泛黄的稿纸，体现了马金鹏教授见证历史、记录历史和译介历史的历程。这些存留着时代气息和译者思想的译文，不仅是现代中摩友好交流史上的瑰宝，也是中国当代译介文学的珍宝，具有重要的历史意义和现实价值。马金鹏教授译介手稿资料见证了峥嵘岁月，见证了中摩友好，诉说奉献与付出，折射初心和使命，展现了一段生动立体的马金鹏教授译介《伊本·白图泰游记》的难忘历史。

马金鹏教授的手稿蕴藏着特殊之美，因为手稿中记录着译者个人生命的印记，手稿如实地记录了马教授对原著译介的痕迹。比如，对一处细节的选择与琢磨，你能从他原有的字句和译介后的字句里面看到他思考的痕迹，他在遵循原著上对自己的高标准要求，这是我们看印刷品时所看不到的。

译者在翻译过程当中会萌生出许多新的想法，会不断修改自己的译文，而这些痕迹都在手稿中保留了下来，能够看出那个时代的某种语言风格。译者再创作的心路历程，冥思苦想的挣扎，灵感迸发的狂喜，与编辑切磋的痕迹，都原汁原味地保留在手稿中。手稿就像一道纵横交错的迷宫，从中可以窥见译介文学创作的全部过程与不为人知的秘密。因此说，马金鹏译介的手稿蕴含着这种特殊之美。

三、传承价值

展开马金鹏教授的手稿，我的心情非常激动。因为这是 60 年前马教授译介《伊本·白图泰游记》的亲笔墨迹。从现实情况来看，是一份难得的有着收藏价值和传承价值的珍贵文献。

　　同我一起拜访马博忠教授的还有一位摩洛哥驻华使馆外交官。他说，"如今无论中国还是摩洛哥，在讲究情怀的摩中友好历史学者眼里，这份手稿原件既可以满足对译介者马金鹏教授的怀念之情，也可以抒发仰慕者对马金鹏教授的情感寄托。因为这是北京大学阿拉伯语教授马金鹏译介埃及教育部版校订本《伊本·白图泰游记》的历史信息载体和手迹绝笔，所以，这部珍贵手稿的学术价值、史料价值和收藏价值不言而喻。马金鹏教授留下的手迹，值得我们收藏纪念，这是摩中友好历史人文译介交流史的真实见证，译介和学术价值兼备，我们应该世世代代传承下去。他对中国《伊本·白图泰游记》译介史有开拓之功，他的译介版本至今是中国学术界研究中世纪元代社会的重要参考文献。"外交官建议中国学术界应将马金鹏教授手稿珍藏起来，在摩洛哥伊本·白图泰的家乡丹吉尔举办一场摩中友好历史译介文献展览会，相信此展定会受到摩洛哥政府以及各界学者和读者的热烈欢迎，这对于传承摩中友好会起到薪火相传现实意义。鉴于马金鹏教授手稿的收藏价值和研究价值，本书展示部分手稿，以加深对研究对象的认知。

马金鹏《伊本·白图泰游记》手稿（一）
（马博忠　供图）

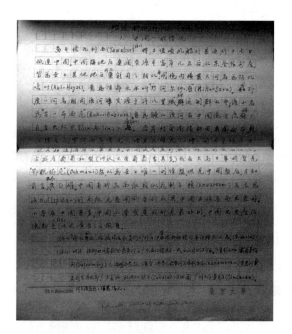

马金鹏《伊本·白图泰游记》手稿（二）

（马博忠　供图）

马金鹏《伊本·白图泰游记》手稿（三）

（马博忠　供图）

马金鹏《伊本·白图泰游记》手稿（四）
（马博忠　供图）

马金鹏《伊本·白图泰游记》手稿（五）
（马博忠　供图）

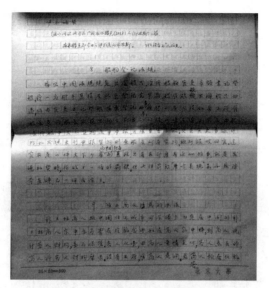

马金鹏《伊本·白图泰游记》手稿（六）
（马博忠　供图）

马金鹏《伊本·白图泰游记》手稿（七）
（马博忠　供图）

马金鹏《伊本·白图泰游记》手稿（八）
（马博忠　供图）

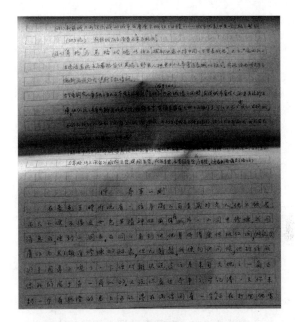

马金鹏《伊本·白图泰游记》手稿（九）

（马博忠　供图）

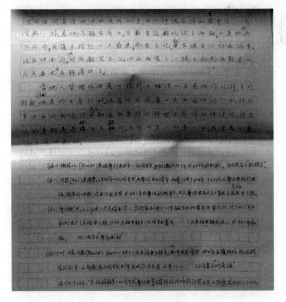

马金鹏《伊本·白图泰游记》手稿（十）

（马博忠　供图）

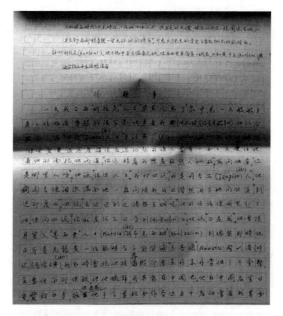

马金鹏《伊本·白图泰游记》手稿（十一）

（马博忠　供图）

马金鹏《伊本·白图泰游记》手稿（十二）

（马博忠　供图）

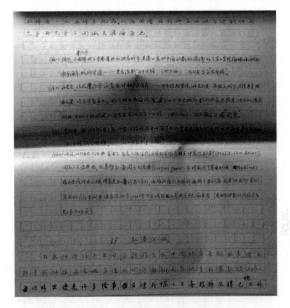

马金鹏《伊本·白图泰游记》手稿（十三）

（马博忠 供图）

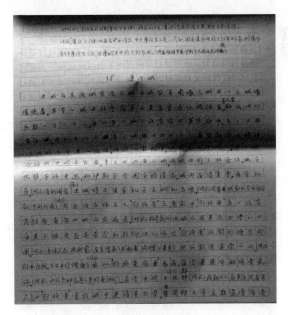

马金鹏《伊本·白图泰游记》手稿（十四）

（马博忠 供图）

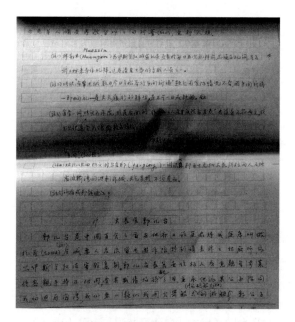

马金鹏《伊本·白图泰游记》手稿（十五）

（马博忠　供图）

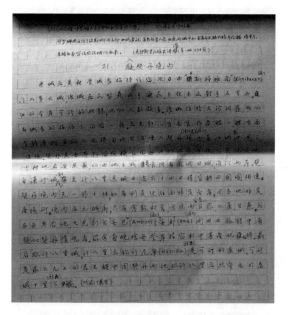

马金鹏《伊本·白图泰游记》手稿（十六）

（马博忠　供图）

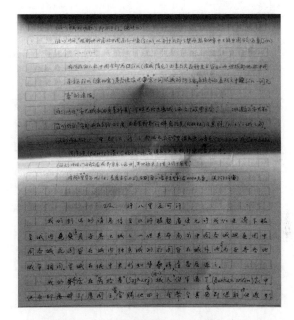

马金鹏《伊本·白图泰游记》手稿（十七）

（马博忠　供图）

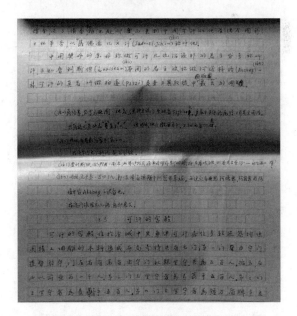

马金鹏《伊本·白图泰游记》手稿（十八）

（马博忠　供图）

马金鹏《伊本·白图泰游记》手稿（十九）
（马博忠　供图）

马金鹏《伊本·白图泰游记》手稿（二十）
（马博忠　供图）

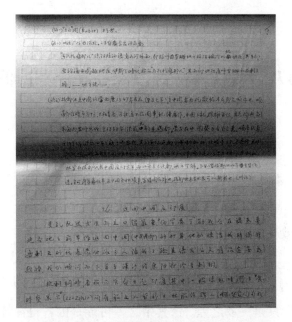

马金鹏《伊本·白图泰游记》手稿（二十一）

（马博忠　供图）

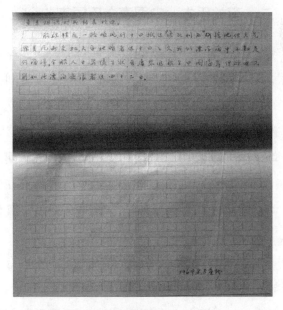

马金鹏《伊本·白图泰游记》手稿（二十二）

（马博忠　供图）

第八节　伊本·白图泰在华停留时间、游历国家和生卒年

有关伊本·白图泰在华停留时间、游历国家的数量及其生卒年，中外专家学者有如下不同看法。

一、有关伊本·白图泰的生卒年

伊本·白图泰的卒年有两种说法，一说卒年是 73 岁，另一说卒年是 74 岁，只是一岁之差，这其中之差可能是因各自在计算时间时，所依据使用的伊斯兰教历和公历计算方法不同所致。

二、有关伊本·白图泰游历国家的个数

关于伊本·白图泰游历国家的数目有两种说法：国家的数量是 30 多个国家，还是 44 个国家，以及在中国的停留时间是 1 年还是 3 年。

根据我在会议、会谈、专访等多种场合与多位摩洛哥专家学者及历任摩洛哥王国驻华大使、文化参赞，乃至来华访问的摩洛哥文化大臣等进行深入探讨时发现，摩方对伊本·白图泰在中国停留时间上的说法均是 3 年之久。而中国学者除马金鹏外，其他人认为是 1 年之久。

我赞同李光斌所持观点，原因一是李光斌手中持有在摩洛哥王国科学院指导下考证严谨的阿文版著作，即 2003 年 1 月 25 日摩洛哥王国科学院院士、《伊本·白图泰游记》权威研究专家塔奇博士代表摩洛哥官方亲笔签名赠予李光斌的 21 世纪摩洛哥出版的全五

册 180 万字阿拉伯文最新原著版本。二是摩洛哥国王穆罕默德六世为他的《异境奇观——伊本·白图泰游记》（全译本）在伊斯兰教历 1430 年 12 月 16 日即公元 2009 年 12 月 4 日在伊靡丽西勒王宫亲笔签字给予嘉奖。[①] 三是摩洛哥王国科学院院士阿卜杜勒·哈迪·塔奇博士称赞说："该书是迄今为止最权威、最完整的版本。结束了世上没有汉语全译本的历史，具有重要的历史意义和学术意义。"[②]

---

① 李光斌.伊本·白图泰中国纪行考 [M].北京：海洋出版社，2014：原序.

② 郑淑贤，李光斌.伊本·白图泰中国纪行考——从摩洛哥到中国 [M].北京：海洋出版社，2014：1–2.

第四章

历史上中摩交往的先行者

第一节 读《经行记》天涯尽知音：忆杜环
远足摩洛哥之旅

在有据可考的中非典籍史料和现代学术论文中，我们经常会看到一位中国古人的名字——杜环。2017 年 5 月 14 日，习近平主席在"一带一路"国际合作高峰论坛开幕式上的致辞演讲中也曾提到过他的名字。这到底有怎样的故事呢？

"中国唐宋元时期，陆上和海上丝绸之路同步发展，中国、意大利、摩洛哥的旅行家杜环、马可·波罗、伊本·白图泰都在陆上和海上丝绸之路留下了历史印记。"[①] 这段习近平主席的讲话，谈古论今，一览数千年。唐朝人杜环曾在 8 世纪远足亚、非国家和地区，只身开展过友好之旅，是有据可考的，他是到达非洲国家的第一位中国人。对此，中国的学者也引经据典，多有论述。

一、中国学者关于杜环的研究

2019 年 9 月 21 日，中国非洲研究院常务副院长李新烽在"延安精神与中非治国理政经验交流"国际学术研讨会致辞中表示，中非友谊源远流长。唐朝的杜环曾是有史书记载的第一位到达非洲的中国人，而同时期，也有非洲人到达中国唐朝的长安城，有出土的非洲人物陶俑为证。

中国社会科学院历史研究所研究员宋岘也在《杜环游历大食国

---

① 习近平.携手推进"一带一路"建设——在"一带一路"国际合作高峰论坛开幕式上的演讲 [N].人民日报，2017–05–15（03）.

之路线考》一文中指出："中国史书记载的最先到过阿拉伯帝国（我国史称"黑衣大食"）的中国人，是唐代中期的杜环。杜环将其游历大食国十年的情形写成《经行记》。"

《西北大学学报》（自然科学版）2008 年第 38 卷第 6 期刊载的宝鸡文理学院历史学系吴毅撰写的论文，对此问题也有自己的观点。他在题为《杜环〈经行记〉及其重要价值》的论文中写道，杜环《经行记》内容及相关材料，为唐代中西科技文化交流提供依据。《经行记》记述了公元 8 世纪中期中亚、西亚乃至北非的地理环境、物产名俗、宗教、法律等重要内容。弥足珍贵地记载了中华文明对中亚、西亚及阿拉伯的浸染。该论文的结论是：杜环的《经行记》不仅是一部单纯的游记类地理著作，更重要的它是中西文化交流的见证，是中华文明尤其是以纺织、造纸为主的科技文化西传的最早记录，具有"凿空"价值的珍贵文献，是中西文化交流的重大科技史事件。

《世界历史》1980 年第 6 期刊登沈福伟的《唐代杜环的摩邻之行》学术论文中谈道："杜环的游历苏丹和埃塞俄比亚，是在公元最初一二个世纪内罗马的探索者深入非洲内地和发展非洲东岸的沿海贸易之后，一个生在非洲之外的外国游历家第一次记述非洲的情况。……杜环的著作虽然只留下了一些片段，而它关于东北非洲的观察却是相当敏锐和精当。他可说是第一个到过埃及、苏丹和埃塞俄比亚的中国人，也是第一个有名可指的发现了非洲的中国人。"

谈到此，专家学者引经据典，纷纷列举的事实论据，都足以说明：中国唐朝著名历史人物杜环，早在公元 8 世纪到访非洲之旅的人生游历，已然是有口皆碑的历史事实。其所著《经行记》，亦可与意大利旅行家的《马可·波罗游记》、摩洛哥大旅行家的《伊本·白图泰游记》相媲美。杜环致力于游记文学创作和旅游实践，为增进中非人民友谊做出了重要贡献。

二、影视传媒用镜头再现杜环

2011 年 8 月 25 日，央视网《世界历史》第 30 集，古代中外文化交流频道播出一台节目。节目中专门提到"杜环"的名字，还讲述了他远游亚、非诸国，与当地人民友好交往的故事。

解说词说：中国隋朝皇帝隋炀帝在位时，他的大臣裴矩在甘肃的张掖主持东西方之间的贸易，他派遣使者出访了西方很多国家。唐代时期中西方文化交流更加频繁和广泛，杜环和战友被俘，把中国文化和技艺传入西方多地。鉴真和尚东渡促进了中日间佛教文化的交流。郑和下西洋让中国接触了世界贸易，推动了中外文化交流。

中央电视台编导李文举携央视纪录频道一流创作团队历时 4 年打造的 8 集纪录片《丝路，重新开始的旅程》中，李文举讲述了杜环的故事。

与上述论点相一致的是，2014 年 6 月 22 日，在第 38 届世界遗产大会上，中国、哈萨克斯坦、吉尔吉斯斯坦三国联合对"丝绸之路：长安—天山廊道的路网"，申报世界文化遗产，并取得成功，被正式列入"世界文化遗产名录"。它被认为是阿拉伯—波斯和中国文献上提到的中世纪城市——新城。"新城"这一名称，曾先后出现在唐代玄奘的《大唐西域记》、杜环的《经行记》以及贾耽的《皇华四达记》等历史文献中。丝绸之路是一条连接东西方的通商之路，也是一条文化和民族融合之路。高山、草原、大漠、戈壁，两万里路，构建成最为广阔壮丽的舞台；张骞、郑和、杜环、汪大渊、马可·波罗、伊本·白图泰等中外人文交流友好使者，两千年间，如同繁星一般散落在这条文化带上，相互激发、交相辉映在历史进程中不断演变和繁衍生息。现如今，丝路古道满眼生机，充满春天的新绿。

正如河南大学王鑫在"一带一路"题材纪录片中就《如何讲好

"中国故事"》一文中举例所言：2016 年由中央电视台科教频道打造的纪录片《一带一路》对素材的选取和使用值得一提。该片使用简洁精致的"情景再现"的手法，展现了张骞出使西域、杜环壮游丝路等这些已被众人熟知的事件，转而更加注重史料的运用和文献实证。该片通过对历史文物的描述巧妙地进行叙事，让原本枯燥无味的物件变得生动有趣，让文物背后隐藏的事件得以凸显。

开拓、坚守、传承、跨越、信仰……这正是：君子好学取之有道。君子好游，杜环凭借对美好生活的渴望、对未知世界的好奇、对内心信念的坚持，同样取之有道。

三、被写进中非友好史册的杜环

杜环的《经行记》是一部最早记录伊斯兰教及其有关国家社会和历史情况的中文典籍，其内容丰富翔实，具有重要的史料价值和学术意义，受到中外学者的重视和研究。"杜环是一位卓越的旅行家，他的历史功绩应当载入史册。"一位熟悉中非友好史的非洲驻华使节赞同上述说法。

倡导文明对话，推动不同文明和国家包容互鉴、和谐共处，让古老文明的智慧照鉴未来，正是中非"文明之约"的题中要义。奔赴一场跨越时空的中非"文明之约"，杜环是第一位践行者。"杜环之行的观念源自中华文明，符合时代潮流和趋势，是进步的，可以起到激浊扬清的作用。"索马里前驻华大使如是说。

在杜环之前，中国还没有任何对非洲进行描述的书籍出现，足见杜环取得了前无古人的伟大成就。他的旅行经历和他留下的传世之作《经行记》同摩洛哥大旅行家《伊本·白图泰游记》一样，见证了中非人民的友好往来。

摩洛哥驻华大使向笔者列举了中国学者对杜环在 8 世纪游历非洲国家、建立友好关系之举、勇敢探险的评述，对此，他深表赞同。

大使深情地说，友谊无国界，真诚有共识。正如中国唐朝张九龄《送韦城李少府》中的著名诗句所写："相知无远近，万里尚为邻。"

第二节　中摩远洋航海对外交流的先驱：
汪大渊的别样人生

提起中国人的远洋航海，人们自然会想到明代时郑和下西洋。然而早在明代之前的元代年间，即至顺到至正（1330—1339 年），一位名叫汪大渊的航海旅行家却捷足先登，凭一己之力完成了周游世界的航海历程。

从时间上看，汪大渊的航海经历比郑和早了半个多世纪（75年）。汪大渊不仅航海远洋历时久，航海游历所到地区广泛（涉及东南亚、南亚、非洲等）、里程遥远，游历的地方数量多（《岛夷志略》记载的地名有 220 个），而且早在 680 多年前，他便用自己的亲身经历著书立说，写了一部纪实题材的海洋文化图书——《岛夷志略》。

一、丰碑不可逾越

汪大渊，这位 14 世纪享誉中外的航海旅行家，最初听到这个名字时，我正值少年，而真正了解他则是在认真拜读他所著的《岛夷志略》后。他英勇无畏，只身敢闯天下的人生故事深深吸引了我，渐渐走近他时，我已是身为外交官的而立之年了。

日月如梭，如白驹过隙。而今当我在撰写本书时，读到郑苏淮、王蓓注释的《岛夷志略简注》是由汪大渊的家乡所在地出版社——江西人民出版社正式出版的，真令人可喜可贺。

在《岛夷志略简注》的内容简介中这样写道：

600多年后的今天，在宋元时期形成的中国"海上丝绸之路"，是中国陆地上"丝绸之路"的拓展与延伸。因主要以运输陶瓷、丝绸、茶叶等货物为主，也称为"陶瓷茶叶之路"。元代著名海外旅行家南昌人汪大渊两次附舶远航，把自己沿途看到的各个国家的风土人情、民俗民风真实地记载下来，回国后编写成《岛夷志略》，成为中国第一个正式以文字形式介绍海外国家的旅游地理读物。全书共有99个地名章节，加上"异闻类聚"整100篇，2万多字。[①]

读了《岛夷志略简注》的内容简介，使我对这位诞生于600多年前的元代航海家汪大渊有了更进一步地深入了解。

《中国大百科全书》指出，汪大渊"成为清朝中期以前出洋最远的航海家之一"。当今的学者也考证得出"他是有史料记载的第一个到达大西洋的中国人""是最早到过澳大利亚的航海家"。汪大渊对世界历史地理的贡献也早为中外学人所认可，被国外学者尊称为"东方的马可·波罗"。

二、找回昨日辉煌

由于诸多原因，此前汪大渊曾长期被湮灭在历史的尘埃之中，只是这些年才逐渐引起人们的关注，渐渐进入了大众的视野。

由南昌市委宣传部，青云谱区委、区政府联合拍摄的纪录片《大国海图——汪大渊的海上传奇》于2019年6月19日在CCTV-10科教频道《探索·发现》栏目首播。纪录片《大国海图——汪大渊的海上传奇》以一个人和一本书、一个古国和一条航线的故事为主轴，讲述了汪大渊的海上传奇，一个时代的海上风潮。他先后航海两次，到达220个国家和地区，将这段历史勾画在地图上，呈现出的是一

---

① 汪大渊著，郑苏淮、王蓓注.岛夷志略简注［M］.南昌：江西人民出版社，2022.

幅辽阔无比的海上宏图。该纪录片反映了汪大渊探索世界、寻访海上丝绸之路的人生追求，真实再现了元代时海上丝绸之路的时代背景和历史价值。

该纪录片介绍了汪大渊的生平。他历时 8 年的远洋航海生涯以及第二次回国后，着手编写《岛夷志》记录两次航海的所见所闻。他回到故乡青云谱后，将《岛夷志》节录，将其亲身亲历、涉及 220 个国家和地区的地理位置、气候、农作、风俗、服饰、饮食、贸易等内容依次为序，归纳成 99 条、第 100 条是异闻的《岛夷志略》。

看完这个纪录片，相信原来对汪大渊及其著述《岛夷志略》而感到陌生的读者朋友们，现在定会熟悉起来了，并会对"汪大渊"这个名字产生深刻的印象。同时，定会让人们领略到汪大渊远涉重洋、足踏半个多地球的真实情景，深切感受和体会到这位元代航海旅行家跨国海上游历的别样人生。

三、航海不是童话

缩系着亚、非、欧三大洲的阿拉伯世界，自古至今就以其独特的生活方式和文化传统而令人们好奇。

中国航海家汪大渊曾先后在 1330—1334 年和 1337—1339 年两次乘商船自中国泉州出发，远航南洋、西洋，航程穿越阿拉伯海、波斯湾、亚丁湾和红海，足迹所到之处遍及包括海湾国家在内的亚洲、非洲国家，甚至到达了非洲东岸的坦桑尼亚桑给巴尔岛。他跨越海峡，不远万里来到摩洛哥丹吉尔。短短若干时日，一位中国航海家的名字和形象就在这里牢牢地扎下了根。

2022 年 12 月 8 日，国家主席习近平在抵达利雅得出席首届中国—阿拉伯国家峰会、中国—海湾阿拉伯国家合作委员会峰会并对沙特进行国事访问之际，沙特《利雅得报》发表了习近平主席题为《传承千年友好，共创美好未来》的讲话。讲话中提到："自古以来，中国和沙特相互欣赏、友好往来。先知穆罕默德曾说：'知识，虽远在中国，亦当求之。'700年前，中国元代汪大渊曾到达麦加，描绘麦加'风景融合，四时之春，田沃稻饶，居民乐业'，他的《岛夷志略》成为中国了解古代沙特的重要文献。"

倘若说伊本·白图泰把中国介绍给了世界，那么汪大渊则把世界介绍给了中国。汪大渊曾访问了摩洛哥的丹吉尔地区。同一时期，摩洛哥大旅行家伊本·白图泰也远渡重洋抵达汪大渊起航的泉州，并到达了元朝的大都（今北京）。东、西方两位大旅行家彼此互访对方的家乡，留下了脍炙人口的佳话。汪大渊的航海远行及其著作《岛夷志略》对中外学者研究古代东西洋历史地理交通有很大的价值。

附　录

中国学术界对《伊本·白图泰游记》的研究

附录一 《伊本·白图泰游记》在中国

朱威烈

　　伊本·白图泰的游历是重大意义的历史事件，它不仅是摩洛哥和阿拉伯世界的财富，更是所有他游历过的国家难得的文明标志。伊本·白图泰在他游历的地方与那里的人民相融，学习那里的文明，然后把它记录下来，他的游记是全世界科学、知识、文明研究界的丰富宝藏，这就是我们这些从事阿拉伯研究的中国学者对他的看法。

　　我知道伊本·白图泰是在三十多年前刚开始进北京大学学习阿拉伯语时，当时在我心目中，这位阿拉伯的大旅行家对科学的贡献和在历史上的声望与意大利的马可·波罗有相同的地位。但是后来，马可·波罗的名字在中国变得家喻户晓，意大利方面从新闻和文化上对马可·波罗的贡献给予了极大的重视，不断地出版关于他生平和游历的文章、论文、书籍、著作，后来在 20 世纪 80 年代还有一部中、意合拍的电影《马可·波罗》在中国上映。然而大旅行家伊本·白图泰，他的游记却只是在专门作阿拉伯研究的中国历史学家、教授、学者手中，这与这部游记的历史意义是很不相称的。如果我们用认真、严谨的目光看一看伊本·白图泰游历过的行程和他游历、了解的国家、地区的面积，如果我们认真研究一下他的游记的科学价值，我们就会信服地说，伊本·白图泰和他的游记在各个方面，无论是意义的深远，还是影响上，都不比马可·波罗和他的游记逊色。

　　张星烺教授（1888—1951 年）是现代研究伊本·白图泰并把他

介绍给读者的中国历史学家之一，他年轻时曾被派往美国和德国留学，后曾在北京大学、福建大学等院校工作，主要研究古代中国与西部国家交往的历史进程。在他的著名作品《中西交通史料汇编》一书中，提到1912年他在柏林得到一本由汉斯·迈兹克翻译的德文版《伊本·白图泰》。在他回国后，将该书的前言和《伊本·白图泰游记》（以下简称《游记》）有关中国的章节做了翻译。1918年，他在日本又得到了一本汉瑞·布勒著的《古代中国名胜集录》，1924年时，他已完成了书中有关中国部分的翻译，并在注解中加了一些详注。尽管他的这些诠释在很大程度上受汉瑞·布勒的观点影响，但多数情况下，中国历史学家们还是从他的著作《历史材料集》中来求证研究元朝（1271—1368年）的历史。

1980年初秋，有好消息传来，没有从阿文直接译成汉语的状况不会太久了。有一天，我有幸参加了在中国西北部宁夏回族自治区政府银川市举办的一个学术研讨会，在会议空闲期间，宁夏人民出版社资深编辑杨怀中先生来看我。他与我就出版和印刷工作谈了起来。于是我建议他把出版、翻译伊本·白图泰研究纳入他的工作日程。

据我所知，我的老师马金鹏历时数十年，已经完成了该书的中文翻译，马教授是北大的退休教授。20世纪30年代，马金鹏教授曾在埃及爱资哈尔大学完成学业，回国后，花费了几十年的心血翻译这部《游记》，从1934年在开罗得到埃及教育部出版的校正版本一直到完成翻译。但由于各种原因，一直没有出版。我曾经答应过杨怀中先生在《阿拉伯世界》杂志发表有关《游记》的中国部分的译文（发表在1981年第4期）。这是为了让他和所有读者了解这篇《游记》的内容，然后再作出决定。最后在1985年，从阿拉伯文版直接翻译过来的中文《伊本·白图泰游记》马金鹏教授全部完成了。此前，马金鹏教授对它进行了重新订正和校对，从那时起，这个版本就成了中国历史学家们最重要的参考资料。

中国历史学家几乎一致相信，伊本·白图泰游历中国写下的材料和描述的真实性和准确性。他在书中的有关描述可以证明这一点。如他对乘船的描述，他对作物、水果（葡萄、李子、西瓜）的描述和对金银的叙述。此外还有对农村、城市、花园、市场的描述，及对商品和物资的描述。如制陶业、丝绸业及其他制造业、绘画，甚至关于中国人在计算、记录收获的东西和乘船旅行的人们的描述都可以证明其内容的真实性。他在《游记》中提到当局对商人的监督、禁止掺假、反腐败……他还讲述了穆斯林的宗教生活和他们的贸易活动等。

著名历史学家韩儒林在他的名著《元朝史》（人民出版社，1986年出版）中指出，《伊本·白图泰游记》中关于泉州和哈萨克人及其他中国城市的描述足以证明伊本·白图泰来过中国。在泉州的一些伊斯兰教名人如谢里夫丁·泰卜利兹、巴尔汗丁·卡兹洛尼……在《游记》中对这些人的描述与1349年吴坚在《石头上雕刻，重建穆圣门第清真寺》一书中的描述相吻合。还有暨南大学寇书辛在他的论文《伊本·白图泰眼中的中国穆斯林》中认为，这位阿拉伯大旅行家对中国穆斯林的描述有非常重要的历史价值，他对历史事件和一些知名穆斯林如巴尔汗丁·卡兹洛尼、埃及奥斯曼·本阿凡的描述在很大程度上与中国历史材料的记载相符。

至于一些外国人表示怀疑的邪术故事，中国学者的看法不尽相同。当他们研究时并没有对此提出疑问，这可以与清朝蒲松龄（1640—1715年）著的《聊斋志异》中的"偷桃记"相比较。其故事结构与《游记》中的邪术故事惊人相似。中国学者认为，这个故事在那个遥远的时代不是杜撰的，而是在平民百姓中流行已久的。大旅行家在中国居住期间，听说了这个故事，而非亲眼所见，这就使中国学者从中只引用对他们的科研作品中有益的内容。

　　这里值得指出的是，中国历史学术界在 20 世纪 70 年代又发现了一些有争议的记载的新解释。其中有一些关于《游记》的观点，我想在这里总结如下。在伊本·白图泰从班加莱到中国，《游记》"丁香树"一节中有这样的描述："我们从船上下来，来到了戈古勒，这里的大象很多，有的是供人骑，有的载物，每家每户的门前都拴着自己的象。每个店铺的主人把自己的象拴在门口，他们骑着大象回家，所有中国人都是这样。"这里有很大的出入。汉瑞先生和法国学者菲纳德根据最后一句话的意思认为，伊本·白图泰根本没来过中国，因为中国根本没有这么多大象。但中国历史学家们明白个中原因，作者指的是戈古勒的中国侨民。这证明中国人无论是南方人还是北方人，是从 14 世纪开始向东南亚迁徙的，他们和当地人一样养家糊口，靠大象代步或运输。他们还认为，戈古勒不像汉瑞·尤勒所理解的那样是泰国的城市，而是位于马来半岛西海岸。

　　上面我们提到张星烺和方华（1911—1980 年）等中国的历史学家，他们在对《游记》的研究中不同程度地受到欧洲东方学者的影响。这表现在他们通常认为，伊本·白图泰到达过泉州、广州、杭州和中国其他一些南方城市，但他们普遍不相信他到达过北京，这是由于印刷内容编排的混乱不清而造成的。

　　从阿拉伯文翻译过来的《游记》在中国一经出版，一些当代历史学家就开始重新研究其中有关中国北方的内容。通过认真计算，他们发现，伊本·白图泰游历中国的时间不应是 1348 年，这个值得怀疑。他只在中国居住了一年，即 1345—1346 年。伊本·白图泰到达过印度南部的库勒姆。从泉州到库勒姆用了 212 天。据此，伊本·白图泰离开泉州时应为 1346 年 5 月中。如果他从北京到泉州用了 100 天，最可能的看法是，他在北京城外住了一个半月，即从 1345 年 12 月底至 1346 年 2 月初。

　　中外历史学家对伊本·白图泰有关可汗出兵剿灭他叔叔的儿子

一事的真实性有所怀疑。由于这次行动应是发生在铁木尔执政期间
（1333—1368 年），但这位皇帝在执政期间根本没有出兵之事，这使
得这些历史学家们坚信，伊本·白图泰根本没到过北京。

　　但是，现在我们认为，伊本·白图泰提到的"剿灭其叔之子"
一事，可能只是证明它是这一历史时期发生在宫廷内部的一个事件。
宫廷争斗常常伴随着各种阴谋和暗杀，就连中国人自己也很难弄清
它，更何况对于伊本·白图泰——这位来自遥远的大西洋海岸的旅
行家，他怎么能理解个中细节呢？但无论怎样，我们可以肯定这一
发生在伊本·白图泰逗留北京期间发生的历史事件震动了朝廷。至
于在这个故事中，他讲到城市内被装饰一新，锣鼓喧天，热闹了一
个月，中国历史学家们偏向于这是一个庆典活动的一部分，并非庆
祝皇帝剿灭叛乱的胜利，只是从圣诞至中国农历的新年几天的延续
庆祝活动，这正好是 1345 年 12 月 25 日，即伊历 746 年 6 月 30 日，
而 1346 年 1 月 22 日即伊历 746 年斋月 28 日为中国的春节。在这近
一个月的时间内，伊本·白图泰住在北京，他所说的给皇帝挖巨大
石棺就是指的依照皇帝铁木尔的诏书，1329 年修建其父皇的陵墓。
这是最终根除了铁木尔皇帝的支持者们的势力之后。

　　这里我们可以完全理解，伊本·白图泰作为一位外国大旅行家，
译介尽全力记载并保留了他在大都期间发生的一系列重要事件和活
动。但他很难弄清中国宫廷争端的内幕和当时的中国风俗。同时，
他的描述中有些夸张和错误也毫不为怪。但我们不能因此就推论说
他从未到过大都。

　　我认为，伊本·白图泰近 30 年的游历，游遍了各种不同环境的
广大国度，这需要各国学者、专家经常合作，作一些解释补充工作，
以便使《游记》作为一个有说服力的历史参考资料，成为全人类共
同文明遗产的成熟果实。

1999 年 4 月中旬，朱威烈教授（右）与阿卜杜·哈迪·塔奇博士
在拉巴特的宅第前合影
（朱威烈　供图）

［本文原载于《阿拉伯人之家》（内部刊物），1999 年 9 月第 29 期。
本书收录时略作修改］

附录二 一部译著的记述

——马金鹏与《伊本·白图泰游记》

马博忠

一、伊本·白图泰与中国

《伊本·白图泰游记》（以下简称《游记》）是一部被摩洛哥人民视为文化瑰宝的世界名著，是一部研究中西交通史的重要资料，也是追寻伊斯兰教从海路传入中国的历史参考文献。在 19 世纪，《游记》问世后，先后被译为英、法、德、俄、西班牙、日等多国语言，成为各国旅行家及交通史、伊斯兰教史研究人员的必备书籍。20 世纪初，中国汉族学者张星烺教授根据德文版本译出《游记》中国部分。但在 1985 年以前，中文版的《游记》全译本一直没有出现。

伊本·白图泰（1304—1378 年）是著名的摩洛哥旅行家、历史学家，与马可·波罗、鄂多力克和尼哥罗康梯并称为"中世纪四大旅行家"。他出生在摩洛哥丹吉尔城伊斯兰教法官家庭，从小记忆力超强，少年时就能背诵全部《古兰经》，长大后受过良好的法律和文学教育，精于伊斯兰教法学、教义学。从 1325 年开始，他在近 30 年中先后三次外出旅行，四次赴麦加朝觐，周游了亚、非、欧许多国家和地区，行程约 12 万千米。他游览了各地的河流、山川、名胜古迹，考察了各地特产、城市建筑、社会设施、政治制度、奇闻轶事，访问了学者、名流、宗教领袖等。

1346 年，他经孟加拉国到达中国广州、泉州、杭州和元大都（北京），描述了中国农产品、金银手工艺制品、瓷器、煤炭、绘画、交通、旅行及社会治安情况，记述了中国穆斯林聚居区和清真寺的情况。他在《游记》中还提到法官、道堂、苏菲修道者等，是研究中国伊斯兰教史、元代中外关系史的重要文献。伊本·白图泰归国后，口述了一生旅行见闻，由王室书记官穆罕默德·伊本·朱宰用阿拉伯文记录，并于 1355 年整理成书，题名《异境奇观》。此后，他任摩洛哥法官，1378 年归真，享有"忠实的旅行家"的美称。

二、半个世纪的翻译过程

我的父亲马金鹏于 1913 年出生在山东济南的一个回族家庭，取字志程，1925 年入成达师范学校学习。1932 年，父亲从成达师范学校毕业，与王世明、韩宏魁、金殿桂、张秉铎一起被选送到埃及爱资哈尔大学深造。经过一年阿文补习，考入爱资哈尔大学文学院，结识了马坚先生、纳忠先生等人。当时，这些留埃学子除了攻读爱资哈尔大学规定的课程，各自都有自己的兴趣和研究方向。马坚先生研究《古兰经》，纳忠先生研究《伊斯兰教历史与哲学》，父亲则钟爱《游记》。

到开罗之初，父亲研究的课题为"伊斯兰教是怎样传入中国的"。在探讨这个课题的过程中，父亲逐渐对阿拉伯国家的历史、地理产生了兴趣，周末经常参加埃及文化界举办的有关旅游知识的讲座，聆听埃及学者讲述伊本·白图泰近 30 年中三次远游亚、非、欧各国，四次朝觐的奇妙经历，特别听了他到中国游历的故事。这引起了父亲极大的兴趣，他就从开罗国立图书馆借阅了一部《游记》。

书中详细介绍了伊本·白图泰 600 多年前孑然一身走遍世界大部分地区，特别是到中国游历的过程。《游记》一下子就吸引了父亲，从此该书成为父亲爱不释手的读物。父亲还在阅读过程中作了笔记，收集了一些相关资料。当知道中国还没有《游记》汉译本时，父亲萌生了把《游记》翻译成中文的愿望。

光阴似箭，经过四年学习，1936 年，父亲和金殿桂一起率先从爱资哈尔大学毕业，随第二次访埃的恩师马松亭阿訇回国。途中，父亲常与金殿桂一起在甲板上阅读《游记》。谁知天有不测风云，当轮船行至马六甲海峡时，突起大风，父亲在甲板上躲避不及，《游记》被刮入茫茫大海。翻译工作只好停了下来。

回国后，父亲受聘担任成达师范学校阿拉伯文教员，但仍不忘寻找《游记》版本。1937 年，父亲参加"甘宁青抗敌救国宣传团"赴西北宣传抗日。成达师范学校迁至桂林后，1938 年，父亲返校继续任阿文教员。同年，与父亲同去埃及留学的韩宏魁归国，带回了埃及教育部出版的《游记》校订本。得知这一消息，父亲喜出望外，从韩宏魁手中将书借来，阅读后决定选择这个版本作为翻译《游记》的蓝本。这个校订本与其他版本相比，有它的独到之处，即校订者在序言中着重介绍了《游记》的重要性和它的世界意义，并第一次将世界各国学者对《游记》的研究成果和译成多国文字的情况作了比较全面的介绍。这个版本还绘制了 11 张伊本·白图泰到世界各地旅行的路线图，使读者在阅读文字的同时能比较直观地了解伊本·白图泰的游历行踪。这个版本还对《游记》中涉及的各国历史、地理、宗教派别、人物、语言文字发展等疑难问题作了较详细的解释，便于读者理解。经过一段时间的准备，父亲于 1941 年夏天在桂林开始了《游记》的翻译工作。

父亲在成达师范学校除教授阿拉伯文专修班的主要课程外，还担任《月华》杂志主编和该校《古兰经》翻译委员会委员、成师毕业生委员会主任委员等职务，工作十分繁忙。翻译只能是时断时续，大部分翻译都是在晚间进行，经常工作到深夜一两点钟。后来，由于日寇白天不断轰炸，学校上课一度只好改在晚间把窗户挡上进行，白天师生和家属都躲进防空洞内。父亲利用这个时间和韩宏魁坐在靠近洞口的地方，一方面负责观察敌情，另一方面抓紧时间借着射进来的阳光进行翻译。有时，父亲还和韩宏魁讨论疑难问题，也常伴随着愉快的争论。经过近三年的努力，父亲终于完成了《游记》上册的翻译初稿。长时间的拼搏使父亲消瘦了许多，但面对《游记》译文初稿，父亲脸上经常露出少有的欢快。当年我们不理解父亲这么累怎么还这样高兴，今天想来，这就是默默耕耘者收获的欢欣吧。

1944年，日寇占领了衡阳，直逼桂林，学校向重庆撤退。一路上都有追兵，天上日机不断地轰炸和扫射，几乎烧掉了家中所有值点钱的东西，而《游记》前半部译稿被父亲视为珍宝。为了保护这份译稿，他请母亲专门缝制了一个布袋，将稿子装好系在身上，从不离身，晚间就用它当枕头，这使书稿得以保存下来。我们长大后听母亲讲述在桂林逃难的那段经历时，她老人家说："当年日本人轰炸，几乎使家中一无所有，你爸爸都不怎么心痛，唯有两件事情一直牵动他的心：一件是那份《游记》译稿的保存，另一件就是你们这群孩子的安全。"这使我感到外表严肃的父亲内心深藏的那一份对伊斯兰文化的执着追求和给予子女的真挚的爱意。虽然《游记》译文手稿保存下来了，那本《游记》阿文校订本却在学校向贵阳转移的途中随韩宏魁遇难归真而丢失了。在后来的很长一段时间里，因为始终没有寻找到《游记》的校订本，翻译工作不得不暂停下来，但父亲内心却从来没有放弃寻找的努力，而那份手稿也就成了父亲经常翻阅的文稿。

1952年，父亲担任上海福佑路清真寺教长时，与庞士谦阿訇书信往来，得知庞老有一套埃及教育部出版的《游记》校订本，非常高兴。父亲看到继续翻译《游记》的希望，一面给庞老写信，一面为继续这项工作作必要的准备。1953年，父亲在母亲的支持下结束了三年的宗教事务，应聘担任北京大学东语系阿拉伯语教研室讲师一职，回到他老人家一生钟爱的教师行业。

　　当年初冬的一个星期天，父亲从北京大学骑自行车进城到庞老家中拜访，师生交流了分别三年间各自的情况后，父亲献上保存八年多的《游记》译文请老师指正。约半个月后，庞老亲自登门到我家就译文的得与失和父亲长谈了近两个小时，对一些译法提出自己的建议。父亲像小学生一样聆听老师的教诲，并不时地提出一些疑问请老师详解。交谈后，庞老从书袋中拿出一本用牛皮纸包好的书，操着浓浓的河南乡音亲切地对父亲说："志程，这是我保存多年的《游记》校订本，拿去用吧！"父亲接过书，爱不释手地抚摸着说："老师，我可能会用很长时间，怕不能很快还给您。"庞老看着学生不好意思的神情，十分爽朗地笑了笑，然后拍了拍父亲的肩膀说："那就送给你吧！"稍停片刻又严肃地说："不过得有一个小小的条件，那就是一定得把这本书译完、译好。"父亲十分感动，点着头说："一定译完译好，决不半途而废。"这时已临近中午，母亲准备了便饭招待庞老，庞老笑着说："我就不客气了。"吃饭时，庞老又关切地问父亲在翻译中还有什么困难，父亲说："《游记》里引用了不少《古兰经》章节，要注明其出处，查寻比较困难。"庞老听完说："我家中有一本名叫《兄弟明灯》的《古兰经》索引，过几天你到我那儿去一起送给你。"看到老师这么热情地支持自己的工作，感动得父亲紧紧地握着老师的手连说："谢谢您，谢谢您！"有了这两本书，父亲又作了一些其他准备，就开始了《游记》下册的翻译工作。对于庞老的大力支持，父亲终生不忘。1957 年，庞老因讲真话被错划成"右派"，父亲为此愤愤不平。1958 年初庞老病重，父亲不顾影响只身前去探望，庞老激动地拉着父亲的手颤抖着说："一定译完它……"眼看着一个有大成就的伊斯兰学者被摧残成这样，父亲难过得落下了眼泪，说："老师多保重。"没有想到，这次见面竟成了师生间的诀别。庞老归真的消息传来，父亲在家中为老师做了都哇（祈祷），以示哀悼，把对庞老的思念永存心头。父亲生前说过："庞老师送给我的两本书，对我翻译《游记》工作的支持就像雪中送炭和春天的润雨一样重要。"

马坚先生也关心父亲《游记》翻译工作的进程，经常询问工作进展情况。1954年暑期，马坚先生特地在北京大学图书馆上万册阿文书籍里为父亲找到一本巴黎1809年出版的《游记》法文、阿文对照本，送到我家，并向父亲作了详细介绍。这是国内少见的孤本，对翻译工作起到重要的参考作用。对此，父亲生前说："马坚先生提供的《游记》版本，对我的翻译工作是十分有益的。这个版本不仅保持了《游记》的原貌，也是研究《游记》的好资料。"父亲对马坚先生也十分敬重。1978年马坚先生归真，当时父亲也正因心脏病入院，未能出席先生的追悼会。出院后，父亲看到学校为马坚先生作的生平简介中没有说明先生是回族人，由于当时的政治环境，没有人对此提出异议。父亲觉得马坚先生是著名回族学者，为宣传伊斯兰文化和中国的阿拉伯语教学贡献了一生，归真后却没有享受到民族宗教礼仪是十分遗憾的事，于是他找到有关领导，提出应确认马坚先生回族身份的请求，这才使问题得到解决。

父亲晚年在谈到二位先生时说："庞阿訇与马坚先生都是现代穆斯林学者中最有成就、最具有影响力的人物。特别是庞老师，学问才智还没有充分展现，就过早地去世，对中国回族文化及伊斯兰教的发展来说是重大的损失。如果说马坚先生是当代回族学者的代表，那么庞士谦老师则是现代中国伊斯兰教学者型阿訇中当之无愧的典范。"

1964年秋，林兴华先生在北京外国语学院（现北京外国语大学）任教期间，对父亲的翻译工作甚为关切，从友人手中借到贝鲁特出版的《游记》阿文本送给父亲。在这个版本里，凯顿姆·布斯塔尼为之写的序言中较全面地介绍了英、法、德、荷兰等国学者对《游记》的翻译、出版、研究情况，并附有《游记》中人名、地名索引，为父亲译文中人名、地名的统一提供了重要依据。庞士谦老师、马坚先生、林兴华先生的关心与支持，给父亲很大鼓舞，使他下定决心一定要把好的《游记》汉译本献给中国广大读者，不辜负诸位老师、学长对翻译工作的支持与帮助。《游记》下半部分一开始介绍的是印度莫卧儿王朝的情况，其中涉及很多蒙古民族历史。为了熟悉这方面情况，父亲请教北京大学历史系的老师，还先后阅读了拉史顿丁著的《历史集成》、冯承均先生译的《多桑蒙古史》，以及《元史》《中西交通史》和最新版本的《新译简注蒙古秘史》等史书，扩大自己的知识面，以便在翻译中做到更加准确。为使译文能体现游记作品的风格，并尽可能适合中国读者口味，父亲阅读了一系列世界游记名著，如"中国四大名著"之一的《西游记》、刘半农先生译的《苏顿曼东游记》、冯承均译的《马可·波罗游记》、张星烺先生从德文版本节译的《伊本·白图泰游记》（中国部分），以及阿文版的《伊本·朱贝尔游记》《一千零一夜》《辛·巴德游记》《绿色的突尼斯》等著作。

父亲翻译《游记》工作最大的推动力量，来自 1963 年 12 月 14 日至 1964 年 2 月 4 日周恩来总理和陈毅副总理的非洲十国之行。周总理、陈毅副总理一行在对摩洛哥王国进行友好访问期间，哈桑二世国王特意拿出该国奉为国宝的《伊本·白图泰游记》手抄本，请周总理、陈毅副总理观看，并向他们简单讲述了伊本·白图泰 600 年前只身访问中国的情况，表示愿中摩两国人民友好外交不断加强，令周总理等十分感动。事后，总理询问随行人员我国有没有《游记》汉译本，当听说只有《游记》中国部分节译本而无全译本时，他指示回国后请有关部门加强这方面的工作，组织人力制订切实计划，尽快将《游记》译成中文。消息传到北京大学，父亲十分激动，这给他老人家的翻译工作增添了新的动力。然而，正当父亲的翻译工作取得较大进展时，"文化大革命"开始了。父亲被扣上"历史反革命"的"帽子"，被送到北京大学在江西鲤鱼洲的农场劳动，不幸染上血吸虫病。这些皮肉之苦，父亲都能坦然面对。但最使他痛心的是，抄家使得多年完成的文稿、积累的资料和许多从埃及带回的书籍都丢失、损坏，有的被焚。面对这些，父亲心痛如刀割，特别是庞老送的两本书无法找回。父亲两次因心梗住院，翻译工作也因此中断了。但父亲不忘当年对庞老的承诺，不忘庞老病中"一定译完"的嘱托。1972年，父亲从江西回到北京，从北京大学图书馆借出《游记》校订本，恢复《游记》翻译工作。但中央突然给北京大学下达了一项紧迫的政治任务，因毛主席要接见一批来访的第三世界国家元首和政府首脑，指示尽快组织力量翻译一批介绍各相关国家历史和现状的书籍，供中央领导阅读参考。北京大学受命翻译五本书，其中有两本是阿拉伯语国家历史书，一本是《阿拉伯半岛》，另一本是《科威特简史》。学校把任务下达给阿拉伯语教研组，而教研组则安排马坚先生翻译《阿拉伯半岛》，另一本《科威特简史》由父亲和陈建民老师合译。《游记》翻译工作又一次中断了。

党的十一届三中全会给中国大地送来了温暖和煦的春风润雨，北京大学知识分子也开始解除思想上沉重的压力，振奋起精神，从事各自的研究工作，父亲又看到了翻译《游记》的希望。尽管此时他已是70多岁高龄，身心经过多年的摧残，患有多种疾病，但仍以极大的热情投入工作中，日夜奋战。经过两年多的努力，父亲终于完成了《游记》的翻译工作。回首往事，50年真是弹指一挥间。在这中间，我们这些做子女的有时也劝他老人家适当休息一下，他对我们说："我想起你庞爷爷那样才华横溢的伊斯兰学者含冤去世，心里就十分难过。我今天还活着，还不应该多做些工作吗？"父亲的真情使我难忘。

1985年，在上海外国语学院朱威烈教授和宁夏人民出版社杨怀中先生的热情帮助之下，第一部《伊本·白图泰游记》汉译本由宁夏人民出版社出版发行，填补了《游记》没有中文全译本的空白，实现了周恩来总理生前的愿望，受到学术界广泛重视。《游记》汉译本出版后，父亲首先想到的是告慰周总理的英灵。他给邓颖超同志写了一封信并献上《游记》一册，寄托一个回族老人对周总理的思念之情，同时以回族人特别的方式为庞士谦老师和马坚学长做都哇。父亲把《游记》作为献给恩师马松亭大阿訇91岁生日的礼物，送到马老手中。这位耄耋之年的成达师范学校创始人用颤抖的双手抚摸着学生的礼物，内心感受着从未有过的丰收喜悦，含着欣喜的泪花说："从1936年到今天整整50年，终于完成了这项工作，这是你的成绩，也是成达师范学校的光荣。可以告慰庞士谦阿訇了。咱们师生一起为唐柯三校长和庞士谦阿訇做个都哇。"父亲恭诵《古兰经》首章，马老亲自念《祈祷词》。马老又说："志程，你虽然70多岁了，但还不算老，还要多出成果，用行动证明成达师范的教育是成功的。"老师的话让父亲预感到新的更艰巨的任务将要出现。《游记》问世后，不仅得到学术界重视，我国历届领导人和中国伊协负责人赴摩洛哥访问、学习、考察都携带这本书作为礼物，赠送给外国朋友，为增进中摩两国人民友谊和文化交流做出了贡献。

1987年的北京大学开斋节联欢会上，父亲应有关方面的要求，走进了人生路上新的学习领域——重译《古兰经》，开始了长达八年的学习、研究、翻译和注释历程。

2001年10月24日，父亲归真，享年88岁。

三、《伊本·白图泰游记》中译本的影响

2014年6月5日，中国国家主席习近平在中阿合作论坛部长级会议开幕式上的讲话中提道："甘英、郑和、伊本·白图泰是我们熟悉的中阿交流友好使者。"

《伊本·白图泰游记》是研究中世纪伊斯兰世界历史,尤其是研究印度、中亚、西亚、非洲的历史、民族、宗教、地理等方面的一部很有价值的名著。我的父亲马金鹏先生将埃及出版的阿拉伯文本译为中文后,宁夏人民出版社先后印制了两版,华文出版社又于2015年推出第三版。

《游记》中译本出版30多年来,在学术、政治、外交、宗教、社会等领域都产生了一些重要影响。《游记》中译本的面世,填补了学术研究领域没有该书中译本的空白,相关研究也从原来只能依据张星烺先生从德文译出的《游记》中国部分的基础上大大地前进了一步,变成引证马金鹏《游记》中译本为主、参考张星烺中译本。这对促进中摩、中阿文化交流做出了重要贡献。

《游记》出版后,一时间成为健在的中国回族早期留埃学生交流的话题,纳忠、张秉铎、刘麟瑞、杨有漪、王世清、林仲明、金茂笙、马维芝等纷纷登门祝贺。健在并服务于各部门的原成达师范的老学生闪克行(农工民主党)、马人斌(中国伊协原副会长)、周仲仁(济南市伊协原会长)等,以及服务于教育、外交、国防、商贸等部门的北京大学阿拉伯语专业历届毕业生也三五成群地前来表示祝贺。一时间,原本清静的家变得门庭若市。

1987年,中国伊斯兰学者李华英先生根据中国伊斯兰教协会的安排,前往摩洛哥出席哈桑二世国王斋月讲学会。他特意携带《游记》中文译本作为敬献礼物之一送到国王手中。由于这是《游记》中译本第一次在《伊本·白图泰游记》的故乡出现,国王不仅说"好极了",而且还指示连同其他两件礼物一同收藏在博物馆中。

一时间,此事成为摩洛哥新闻媒体报道的焦点,记者纷纷采访李华英先生。时任中国驻摩洛哥大使馆文化参赞对李华英先生表示祝贺说:"你以中国学者身份把摩洛哥人视为珍宝的《伊本·白图泰游记》的中译本送到哈桑二世国王手中，是你在这里备受欢迎的原因所在。"

1998 年，在中摩建交 40 周年之际，摩洛哥首相尤素福访华。江泽民主席在会见尤素福首相时说："我读过《伊本·白图泰游记》中译本，知道伊本·白图泰是一位大旅行家。"客人表示需要若干本《游记》中译本。当了解到《游记》中译本第一版早已销售一空后，为满足客人的需求，外交部紧急联系宁夏人民出版社组织再版。为提高质量，杨怀中老师与父亲商量在书中增补伊本·白图泰出游路线图 7 幅（我有幸参加了制图工作），增印 5000 册以解燃眉之急。

《游记》中译本的出版也极大地激发了蕴藏在父亲心中几十年的学术研究潜能，使他老人家在耄耋之年迎来了一生中第二次翻译高潮。他在生命的最后 15 年里顽强拼搏，把坚韧不拔的学术研究精神发挥到了极致，陆续推出《古兰经译注》《穆罕默德评传》《曼丹叶合》《穆罕麦斯》等近 300 万字的译著。

吴富贵、王燕拜访马金鹏的长子马博忠

马博忠为吴富贵题签

附录三　14 世纪一次对海上丝绸之路宏伟场景的见证

张　荣

　　14 世纪中叶，阿拉伯旅行家伊本·白图泰用了将近 30 年的时间，游历了非洲、亚洲和欧洲的许多国家和地区，当他返回他的祖国摩洛哥时，摩洛哥素丹委派他的御前秘书伊本·朱甾将伊本·白图泰口述的非凡经历整理成书，这就是世界名著《伊本·白图泰游记》。

　　该书出版 600 多年以来，被译成 20 多种文字，并有诸多的手抄本流传世界各地。直到 20 世纪末，经摩洛哥皇家科学院院士塔奇博士收集整理并校订，《伊本·白图泰游记》有了一套完整的版本。我国在 20 世纪 60 年代，曾经有过一本简易的《伊本·白图泰游记》中文本出版发行，后来，经过阿语专家李光斌先生的不懈努力，由阿拉伯文翻译过来的中文全译本终于在 2008 年出版，它就是《异境奇观——伊本·白图泰游记》。

　　诚如摩洛哥驻华大使贾法尔·阿尔热·哈基姆在给该书写的《序》中所说："李光斌教授所译《异境奇观——伊本·白图泰游记》一书，为摩中关系引为骄傲的历史作了很重要的注解和补充，6 个多世纪前摩洛哥大欧莱玛伊本·白图泰的历史著述，不但证明摩洛哥与中国的历史渊源，更记录了世界各民族、各国人民之间友好关系的精彩篇章。"

　　《异境奇观——伊本·白图泰游记》是一本洋洋数十万言的鸿

篇巨作，它的口述者伊本·白图泰 1304 年生于摩洛哥北部直布罗陀海峡南岸的丹吉尔城，他自幼受到良好教育，精通伊斯兰教法学和圣训学，并学会了土耳其语和波斯语。1325 年 6 月 14 日，伊本·白图泰启程东游，于 1346 年至 1347 年，他曾循着海上丝绸之路往返于印度和中国之间。在他到达印度，准备乘船前往中国的时候，他在印度港口见到了航行或停泊在港口中的中国船，他说："要到中国海旅行只有乘中国船才行。"这里先让我们看一看中国船的等级。中国船分三类：大的那种叫朱努克，单独一艘叫"艟"；中等的叫"舟"或"艚"；小型的叫"舸舸木"。大船上有十二面帆，最少的也有三面。这种帆用竹篾编织而成，很像席子，一直张挂着，从不落下，根据风向随时进行转动。停泊时，便让这些篾帆停在风口。

"这样的一艘大船上往往有上千人为它服务，仅水手就有六百名，再有四百名武士。他们中有弓箭手、身穿铠甲的勇士以及朱乐希叶即投掷古脑油火器的人。

"每一艘大船后面都跟随有三艘小船：其中一艘的大小相当于大船的二分之一，另一艘相当于三分之一，还有一艘相当于四分之一。这种海船只有中国的刺桐城（今泉州）或克兰穗城即中国的穗城（即广州）才能制造。这么大的船是怎么制造的呢？简而言之，他们先造两面木墙，中间夹以特大的木头，横一道、竖一行钉上大钉。这种钉子每只有三腕尺长。当两部分钉在一起后，再把修成的船台抬上去，铺好船底，然后把它推入海中就完事了。那些木头和两堵木墙就留在水中，他们从那里下去洗澡甚至大小便。在那些木头旁边放置着他们的船桨。这种桨大如桅杆，每把桨都要 10 ~ 15 个男子汉才能划动，划桨时人都站着。

"每艘船上有四个舱面甲板，设有客房、套间、商号。套间包括客房和盥洗室。套间的房门钥匙由旅客自己掌管。如果旅客带有妻妾、女婢等眷属可住在这里，完全和其他乘客隔绝。有时一个人关在套间中一路走下来，竟然不知同船者是谁，直至抵达某地相见时才恍然大悟。水手们常常让随同自己航行的孩子们住在套间里。他们在船上用木盆、木罐种植蔬菜、瓜果、鲜姜等。

"这种船的代理人俨然是个大埃米尔，当他上岸时，都有弓箭手和持枪、佩剑、敲锣打鼓、吹喇叭的阿比西尼亚人做向导。当他到达官邸时以及他居留期间，长枪手都要排成两行，站在大门左右两侧以壮声威。那些拥有许多船只的中国人，常把自己的代理人派到别的国家为他经营。世界上没有比中国人更富有的人了。"

伊本·白图泰这一大段的描述，为我们提供了一次绝无仅有的14世纪中叶海上丝绸之路上一个非常壮观的场景：来自中国的船舶布满印度西海岸的孟买和科泽科德等港口，中国的帆船最大的有12面帆，最小的也有3面帆。因为中国来的大帆船由于吃水太深而无法进港，货物得用那些跟随在大船后面的小船驳运上岸。中国船制作精良，可以容纳近千乘客，巨大的船舱按不同需要分割成许多舱室，既安全，又方便。庞大的船队和经济实力使得伊本·白图泰不由得惊叹：中国人是世界上最富有的人！

伊本·白图泰的描述首先震撼了阿拉伯世界，并随之传播到欧洲各地。他将看到的中国帆船分为三种船型的方法影响了整个西方世界对中国帆船的认识，尤其是他对中国帆船水密隔舱的描述，比先前马可·波罗的叙述更加清晰和完整。很长时间，西方人都将中国船称作"Junk"，就来源于此，后来的学者似乎忘记了伊本·白图泰对中国船的分类法，用各种方式来推测这种说法的来源。其实，这个词是直接将中国水手对船的称呼音译过去的，说白了，它就是福建方言中"船"的发音。因为，那个时候，航行在印度洋上的中国帆船大部分是福建的帆船。

李光斌先生翻译的《异境奇观——伊本·白图泰游记》出版后，

受到各界的好评。摩洛哥王国还将它作为礼品赠送给访问摩洛哥的我国政府代表团，谱写了一曲中摩友好交往的新篇章。

（本文原载《深圳晚报》2014 年 12 月 7 日第 6 版）

附录四　中阿友好交往的先行者伊本·白图泰

——兼评《伊本·白图泰中国纪行考》

张　荣

一、伊本·白图泰——曾循海上丝绸之路来到中国

14 世纪至 15 世纪，西方有四大旅行家，其中除了大名鼎鼎的马可·波罗，还有一位就是为中阿友好交往做出重大贡献的阿拉伯旅行家伊本·白图泰。这位被认为是"蒸汽机时代之前无人超越的旅行家"于 1304 年 2 月 24 日，出生在摩洛哥北部直布罗陀海峡南岸丹吉尔城的一个伊斯兰教法学世家，长大后成了一位伊斯兰学者，不仅精通《古兰经》，还会说柏柏尔语、阿拉伯语、突厥语、印地语和波斯语等多种语言，成为他后来云游天下的基础。

1325 年 6 月 14 日，22 岁的伊本·白图泰开始了他的东方之旅。此后，他用了将近 30 年的时间，行程 12 万千米，足迹遍及亚洲、非洲和欧洲的 30 多个国家和地区。其间，他从印度出发，循着古老的海上丝绸之路，于 1345 年 5 月乘船来到被马可·波罗称为"东方第一大港"的泉州。在等待北上的期间，他南下到另外一个海上丝绸之路的重要港口城市——广州考察、旅行。然后北上，来到当时的元大都，即今天的北京城。1347 年 1 月，他再次沿着海上丝绸之路从泉州西返，直到 1354 年回到摩洛哥。

二、推介中国——《异境奇观——伊本·白图泰游记》

1355 年 12 月，根据伊本·白图泰的口述而写成的《异境奇观——伊本·白图泰游记》问世了。600 多年来，《异境奇观——伊本·白图泰游记》迄今已有 30 余种译本问世。这样他的《游记》已流传到 30 多个地区，同 30 多种文明进行了对话，受到各国学者，尤其是东方学学者重视。在这部数十万言的巨著中，伊本·白图泰忠实地讲述了 14 世纪中叶他所游历的国家和地区，及其政治、经济、地理、历史、民族、宗教和风俗民情，是那个时期亚、非、欧一些国家和地区的社会形态、政治制度、经济生活和社会变迁等诸多方面的一份不可多得的珍贵文献。与其说《异境奇观——伊本·白图泰游记》是一本游记，不如说它是一部包罗万象的"百科全书"。

在伊本·白图泰之前，中阿间通过海上丝绸之路的交往早已存在，但留下的文献资料都极为有限。用阿拉伯文向阿拉伯世界介绍中国，伊本·白图泰是历史上的第一位。摩洛哥王国科学院院士、伊本·白图泰研究的权威专家塔奇博士说："他用阿拉伯文率先向世界其他地区出色地、完美地推介了中国。"可以说，伊本·白图泰谱写了中阿友好交往史上最华丽的篇章，被称为"中阿友好交流的先行者"。

三、厘清原貌——《伊本·白图泰中国纪行考》

伊本·白图泰是如何向阿拉伯世界完美推介中国的呢？在《异境奇观——伊本·白图泰游记》（全译本）中文版于 2008 年出版的同时，该书的译者李光斌先生同时出版了一部名为《伊本·白图泰中国纪行考》的专著，为读者厘清了伊本·白图泰中国之行的原貌。

据李光斌先生考证，伊本·白图泰于 1346 年 4 月来华，1347 年 1 月离开，在中国本土大约停留了 9 个月。访华期间，伊本·白图泰三过泉州（刺桐）、南下广州（穗城）、北上元大都北京（汗八里克），途中经过镇江、杭州（行在），并通过大运河北上。他不仅记述了中国各地的山川河海、地形地貌、林木物产、动物植物以及陶瓷、建漆、丝绸等，而且还记述了中国的丰富物产、社会制度、交通设施、民居特色、风俗习惯、城市建筑、宗教信仰等，为人们呈现了一幅生动的中国元朝画面。

在伊本·白图泰的笔下，"中国人是最伟大的民族""在中国旅行最安全不过，中国是世界上最安定的国度"。在往返中国的途中，伊本·白图泰曾经在印度洋和其他海域见识过很多航行在大海中和停泊在港湾中的各式各样的中国帆船，根据他的叙述，阿拉伯世界及欧洲其他国家得以更多地了解了中国航海的装备和技术。伊本·白图泰对中国帆船的分类和描述影响深远，是向西方世界全面介绍中国航海情况的最重要的著述，也可以说，14世纪是我国海上丝绸之路盛况的多方位展示。

2016年5月22日，摩洛哥王国的国王穆罕默德六世来华进行国事访问，《伊本·白图泰中国纪行考》修订再版。从中我们可以获知更多有关海上丝绸之路的辉煌与中阿友好交往的历史。

（本文原载《中国海洋报》2014年11月26日第4版）

附录五 古老而又年轻的中阿友谊之树长青

——记《伊本·白图泰游记》中文译本在宁夏编辑出版的经过

杨怀中 马博忠 杨 进

我接近伊本·白图泰 他有一颗平和的心

中国的改革开放，使中国学者睁开眼睛看世界。1980年10月中国社会科学院世界宗教研究所在宁夏银川市召开西北地区伊斯兰教学术研讨会。期间有上海外国语学院阿拉伯语专家、《阿拉伯世界》主编朱威烈教授与会，我在宁夏"毛泽东著作办公室"下属的出版社政史组从事回族历史和伊斯兰文化书稿的编辑工作。我们两个人虽是初次见面，但互对彼此的学术文化背景还是有较多的了解。朱威烈教授对我说："我的老师北京大学马金鹏先生有一部根据阿拉伯文原著翻译的摩洛哥《伊本·白图泰游记》的中文译稿，你能否在宁夏回族自治区考虑出版？"他这一提问，使我惊喜。就我所知，《伊本·白图泰游记》是世界文学名著，也是伊斯兰文学的瑰宝。国内还没有一本中文译书。我将此学术信息向出版社领导汇报，领导听后表示，你可以前往北京大学和译者马金鹏先生见个面，听听他的想法，特别了解译稿情况，回来我们再研究决定。银川会议结束之后，我立即去了北京大学。我出发前，朱威烈教授已给马金鹏先生通了话，马先生知道我将去北京访谈《伊本·白图泰游记》一书的中文译稿一事。抵京后，我们在北京海淀中关园十九号马先生寓舍

见面。先生慧和文静，彬彬如也，这是老先生给我的第一印象。他
向我介绍了他在埃及爱资哈尔大学求学，专攻阿拉伯语的情况。学
成归国，抗日战争爆发，萍踪不定。《伊本·白图泰游记》一书，时
译时辍。直到新中国成立后，他集中全力，重译一遍。讲话时，我
看到窗下桌前摆着他的译稿盈尺，我知道这是一位学者一生的心血
之作，是学者终身追求的结晶。听马先生的口述介绍，看到桌面上
高高的译稿，我对先生深怀敬仰之情。告别先生家时，我对先生说：
这次来是想见见先生，久闻先生大名，无缘谋面。甚感这次良机，
我能亲临贵宅，拜见先生，这是终身的幸运事。我计划在京暂住两
三天，把先生在新中国成立后的译文带首尾两部分，在宾馆学习拜
读。三日后我将带走的译文原稿如数奉上。此来面见了先生，又拜
读了先生的部分译文，我好回到银川复命。先生听后很高兴，从桌
上所摆的译稿中抽出首尾两部分，让我带走。

　　我在京城旅馆内，闭门静读先生译稿。此书是 640 年前的名著，
历代阿拉伯伊斯兰学者有不同版本的编辑校订。马老先生提供的这
本《伊本·白图泰游记》是埃及教育部供中学生阅读的文本。《校订
者序言》中写道：

　　伊本·白图泰有他自己的异乎寻常的表述方式，有些是同众所
周知的语言大师们的方式不同的。凡能表达意义的予以保留，否则
加以修改或改用同义词代替，或于附注中加以解释。像伊本·白图
泰这样一位经常旅行、遨游四方的人，自然没有时间琢磨词句，他
只能匆促简记。正如该书首尾所说，这本书事后由素丹的秘书伊
本·朱甾综合记录成书。

　　他的行文也是多种多样，有些洗练上口，有些佶屈聱牙。有时
对屑碎小事长篇叙述，而对极需说明的趣事却简要记述。这是由于
作者在写作时的心情充满了希望与绝望、恐惧与坦率、忧愁与达观
的矛盾，这些在书的字里行间可以领会到。

　　青年学生从《游记》中，可得到思维上的锻炼，心灵上的启示，情感上的陶冶。它可以作为寂寞时的良伴。因书中对事件、过程和地区，对动物、植物、矿物，对宇宙、宫殿、水池，对君王、要人，对风俗习惯，以及对时兴时衰的文化、时升时降的文明等都有美妙的描写。

　　学生于伴随这一杰出的旅行家辗转跋涉之际，会认识到伊本·白图泰观察细致、独具慧眼、批评深刻的特点，以及他是如何关心致志于人情的研究，如何将其有益的经验和观察所得囊括于该书中。他是那些走遍大地、云游四方、认真考察、有所发现的前辈旅行家们的首领。这一点他确是当之无愧的。

　　对于他的大部分见解和信仰，尽管有些几近荒唐，但为了让他的真实情感呈现在读者面前，和把他的时代和环境完整无缺地再现，我们都得以保存了下来。

　　在《校订者序言》之后，排着《伊本·白图泰小传》长篇大文，内有"伊本·白图泰以前的阿拉伯旅游家及其遗产""伊本·白图泰及其《游记》""《游记》的文章""欧洲人对《游记》的重视""《游记》的价值"等小题目。其中"《游记》的价值"小节，值得一读。其文说：

　　《游记》包括许多奇闻逸事、珍奇动植物等，这些对于初学者增长地理知识，提高文化素养水平都具有明显的价值。

　　从著名的旅行家席特赞对伊本·白图泰所作的评价，就可以看到伊本·白图泰知识渊博和文学修养的深厚了。他曾这样说："任何一位欧洲旅行家，谁能像伊本·白图泰那样，为了发现这么多边远地域的未被发现的情况，而坚韧不拔、顽强英勇地长途跋涉吗？甚至欧洲任何民族在其子民中能找到一个人在 500 年前周游外国各地，而持有独立的判断、观察和详细叙述的能力堪与这位伟大的旅行家比美吗？"伊本·白图泰对未被撰明的非洲所提供的正确资料，其价值并不次于非洲豢温所提供的资料。至于阿拉伯各地，布哈拉、喀布尔、坎大哈的地理，也在《游记》中记载。还有伊本·白图泰对印度、锡兰岛所提供的有益资料，都是在印度供职的英国人所必须阅读的，因为阅读这些文章对他们所制订和推行政策都是有利的。

以上《伊本·白图泰小传》，是一篇综合报道，有利于读斯书者对作者有全面的了解。最后一节，"《游记》的价值"，写《游记》一书在世界游记文学的地位。

读完这两篇评介前言后，我接着读马先生送我的《游记》首尾两部分的中文译文。我是第一次接触伊本·白图泰本人的文笔。我惊奇地感到他的文笔是上乘的，凡所见一人、一事、一地及其所感，速记成文，不加掩饰，不任意褒贬。他为今日的读者展示了一副宏阔的从南亚、中亚、西亚直到非洲的生动画面。它的认识价值高于对奇风异俗的欣赏。我接近伊本·白图泰，他有一颗平和的心。他对不同民族、地区的文化、习俗都能客观、忠实地记录，一位 600 年前的阿拉伯旅行家，能做到这一步，实属不易。马先生的译文，是忠实于原著的，是无可挑剔的，这说明他对中阿两种语言有着深厚的学术功力。例如，中文译本第 585—586 页转引阿拉伯诗人描述船舰傍山而渡后，描写了雄山，这是前无古人的妙句，他说：

> 船向双胜山冲击，
>
> 那山的重要，名不虚传。
>
> 巍山我的山峰，色呈苍碧，
>
> 云衣缭绕，漂泊无系。
>
> 空中的群星是它的桂冠，
>
> 凌空盘旋，灿如金币。
>
> 有时竟触及它的额发，
>
> 也会垂在耳际。

它的门齿已落，受时代变迁的折磨。

它饱尝世故，历经风霜。

却驱赶时代驼队往前直驱，

它步履维艰，却心情坦然。

它的过去和将来充满奇迹，

它长期安详、沉默，若有所思。

表现沉着，却仆仆风尘，

好像它黯然失色，担心山崩地碎。

世上的山岳都在震动，

它多么安详无忧地岿然屹立。

如何选用中文中对应的词句翻译这首阿拉伯文的诗句，译者用心甚细，最终使这首长诗展现在中国人面前。

第四天，我将马先生交我的译稿，送回马先生。我对马先生说："我是您的学生，我向您老学习。您的译文是成功的，我回到银川向宁夏人民出版社社长极力推荐您这部译作。"回到银川后，我向领导和编辑部同志介绍了马金鹏和《伊本·白图泰游记》中文译稿情况，大家同意将此书列入宁夏人民出版社的出书计划之中。社领导指定，我担任此书的责任编辑。为使阿拉伯伊斯兰文化在中国传播发展，我愿尽绵薄之力。

1981 年春节过后，我又出差北京，我向马先生祝贺，宁夏人民出版社已决定将先生翻译的《伊本·白图泰游记》列入出版计划，我奉命前来将中文译稿全部带去，进行编辑。先生听了十分高兴。

当我回到宁夏人民出版社编辑部坐下来静读《游记》全文时，我惊奇地发现，伊本·白图泰笔下对中国有细致而美好的描写，想不到 600 年前一位阿拉伯旅行家对中国有客观的描述、热情的礼赞。难怪马金鹏先生把一生的精力奉献给这本书的阅读、注释、翻译上。现在请看《游记》对中国的记录。

伊本·白图泰看到了中国人和中国社会，
也看到了丝绸之路的兴盛

凯鲁凯尔的女王

中国地域辽阔，物产丰富，各种水果、五谷、黄金、白银，皆是世界各地无法与之比拟的。中国境内有一大河横贯其间，叫作阿布哈尔，意思是"生命之水"。发源于所谓库赫·布兹奈特丛山中，意思是"猴山"。这条河在中国中部的流程长达六个月，终点至隋尼隋尼。沿河都是村舍、田禾、花园和市场，较埃及之尼罗河，则人烟更加稠密。沿岸水车林立。中国出产大量蔗糖，其质量较之埃及蔗糖实有过之而无不及。还有葡萄和梨①，我原以为大马士革的欧斯曼梨是举世无匹的唯一好梨，但看到中国梨后才改变了这种想法。中国出产的珍贵西瓜，很像花剌子模、伊斯法罕的西瓜。我国出产的水果，中国不但应有尽有，而且还更加香甜。小麦在中国也很多，是我所见到的最好的品种。黄扁豆②、豌豆亦皆如此。

中国瓷器

至于中国瓷器，则只在刺桐③和隋尼柯兰城制造。系取用当地山中的泥土，像烧制木炭一样燃火烧制。其法是加上一种石块，加火烧制三日，以后泼上冷水，全部化为碎土，再使其发酵，上者发酵一整月，但亦不可超过一月；次者发酵十天。瓷器价格在中国，如陶器在我国一样或更为价廉。这种瓷器运销印度等地区，直至我国马格里布。这是瓷器种类中最美好的。

---

① 文为"印札素"，有梨、杏、李、梅之意，阿拉伯各地用以所指水果不同，故只选择为梨。因大马士革所产之梨至今有名。——译者
② 一种扁形橙黄色的小豆。英文叫 Lentils。——译者
③ 泉州。——译者

中国人的一些情况

中国人是膜拜偶像的异教徒，像印度人一样火化尸体。中国的君王是鞑靼人唐吉斯汗①的后裔。中国各城市都有专供穆斯林居住的地区，区内有供举行聚礼等用的清真大寺。中国的异教徒食用猪狗之肉，并在市街上出售。他们生活富裕，但不讲究吃穿。你看他们中的一位资财富有的巨商，却披着一件粗布大衣。全体中国人都重视金银器皿。每人于走路时都持一手杖。当地产丝绸极多，所以丝绸是当地穷困人士的衣服。如没有商人贩运，则丝绸就一钱不值了。在那里一件布衣，可换绸衣多件。中国商人惯于将所有的金银熔铸成锭。每锭重一堪塔尔左右②。置于门框上面③。有五锭者，可佩戴戒指一个；有十锭者，可佩戴戒指两个；有十五锭者，被称为赛蒂，等于埃及的喀勒米④。

交易时通用的钞币

中国人交易时，不使用金银硬币，他们把得到的硬币，如上所述铸成锭块。他们交易时却使用一种纸币，每纸大如手掌，盖有素丹的印玺。如该项纸币旧烂，持币人可去像我国的造币局一样的机构，免费调换新纸币⑤，因局内主管人员都由素丹发给薪俸。该局由素丹派一大长官主持。如有携带金银硬币去市上买东西者，则无人接受。

代替木炭的泥土燃料

全体中国人、契丹人，他们烧的炭，是一种像我国陶土的泥块，

---

① 成吉思汗，伊本·白图泰皆作"唐吉斯汗"。——译者

② 重量名，约等于44.928千克。——译者

③ 旧时我国北方有人于孩子成亲后，将两块包着红纸的砖连同两双筷子，用红线系好，摆在房门楼上。致使伊本·白图泰误认为是金、银铸块，此种推测不悉确否，待考。——译者

④ 是当时的一批巨商。该词非阿拉伯文。——校者

⑤《元史》及马可·波罗所记，兑换新钞时，须贴水三分。——译者

颜色也是陶土色，用大象驮运来，切成碎块，大小像我国木炭一样，烧着后便像木炭一样燃烧，但比木炭火力强。炭烧成灰，再和上水，待干后还可再烧，至完全烧尽为止。他们就用这种泥土，加上另外一些石头制造瓷器，详情已如上述。

中国人的精湛技艺

中国人是各民族中最精于工艺者，这是远近驰名的，许多人在作品中已不惮其烦地谈到。譬如绘画的精巧，是罗姆等人所不能与他们相比的。他们在这方面是得天独厚，具有天才的。我们在这里所见到的奇异，就是我只要走进一座城市，不久再回来时便看到我和同伴的像已画在纸上，粘在墙上，陈列在市场上。我曾去苏丹的城市，经过画市，我率同伴们到达王宫，我们穿着伊拉克服装，傍晚从王宫回来，经过上述那一画市，便看到我和同伴的像已画在纸上，粘在墙上，我们都面面相觑，丝毫不差。有人告诉我说，这是素丹下令画的，画家们在我们去王宫时早已来到，他们望着我们边看边画，而我们却未察觉，这也是中国人对过往人士的惯例。如外国人作了必须潜逃的事，便将他的画像颁发全国搜查，凡与图形相符者，则将他逮捕交官。

船舶登记律例

中国的律例是一只艟克如要出海，船舶管理率其录事登船，将同船出发的弓箭手、仆役和水手一一登记，才准拔锚出发。该船归来时，他们再行上船，根据原登记名册查对人数，如有不符唯船主是问，船主对此必须提出证据，以证明其死亡或潜逃等事，否则予以法办。核对完毕，由船主将船上大小货物据实申报，以后才许下船。官吏对所申报货物巡视检查，如发现隐藏不报者，全艟克所载货物一概充公。这是一种暴政，是我在异教徒或穆斯林地区所未见过的。还有在印度的情况近乎此。那就是如发现匿报货物，货主被处以原货价十一倍的罚款。素丹穆罕默德·汗于后来废除苛杂时已经废除了这种罚款。

防止商人堕落的惯例

穆斯林商人来到中国任何城市，可自愿地寄宿在定居的某一穆斯林商人家里或旅馆里。如愿意寄宿在商人家里，那商人先统计一下他的财物，代为保管，对来客的生活花费妥为安排。来客走时，商人如数送还其财物，如有遗失，由商人赔偿。如愿意住旅馆，将财物交店主保管，旅店代客人购买所需货物，以后算账。如来客想任意挥霍，那是无路可走的。他们说："我们不愿意在穆斯林地区听到他们在我们这里挥霍掉了钱财。"

沿途保护商旅

对商旅说来，中国地区是最安全、最美好的地区，一个单身旅客，虽携带大量财物，行程九个月也尽可放心。因他们的安排是每一投宿处都设有旅店，有官吏率一批骑兵驻扎。傍晚或天黑后，官吏率录事来旅店，登记旅客姓名，加盖印章后店门关闭，翌日天明后官吏率录事来旅店，逐一点名查对，并缮具详细报告，派人送往下站，当由下站官吏开具单据证明全体人员到达。如不照此办理，则应对旅客的安全负责。中国各旅站皆如此办理，自隋尼隋尼至汗八里各旅站亦皆如此。此种旅店内供应旅行者所需的干粮，特别是鸡和米饭。至于绵羊，他们这里较少。

让我们谈谈我们的旅行吧！我们渡海到达的第一座城市是刺桐城，中国其他城市和印度地区都没有油橄榄①，但该城的名称却是刺桐。这是一巨大城市，此地织造的锦缎和绸缎，也以"刺桐"命名。该城的港口是世界大港之一，甚至是最大的港口。我看到港内停有大艟克约百艘，小船多得无数。这个港口是一个伸入陆地的巨大港

---

① 刺桐音近阿拉伯文的宰桐，即油橄榄。按刺桐一词的闽南读音近乎宰桐。泉州之在当地所以为刺桐，因西郊多种植刺桐树而得名。——译者

湾，以至与大江汇合。该城花园很多，房舍位于花园中央，这很像我国西哲洛玛赛城①的情况一样。穆斯林单住一城。我们到达刺桐之日，遇到了那位携带礼品出使印度的使者，他曾同我们结伴，他所乘的艟克沉没。见面后他向我问好，并把我介绍给衙门的主管，承蒙他把我安置在一座美丽的住宅里。穆斯林的法官塔准丁·艾尔代威里来看望我，他是一位好义的高尚人士。巨商们来看望我，其中有舍赖奋丁·梯卜雷则，他是我去印度时曾借钱给我的一位商人，待人甚好。他能背诵《古兰经》，并常诵不断。这些商人因久居异教徒地区，如有穆斯林来，都欣喜若狂地说："他是从伊斯兰地区来的呀！"便把应交纳的天课交给他，他立即成了像他们一样的富翁。

当地的高尚谢赫中有鲍尔汗丁·卡泽龙尼，他在城外有一道堂，商人们在这里缴纳他们向谢赫阿布·伊斯哈格·卡泽龙尼所许下的愿。衙门主管知道了我的情况后，便缮具文书呈报可汗，可汗是他们最大的君王，报告我是印度王派来的。我要求主管派人陪我去隋尼隋尼，即中国地区去，那里也叫作隋尼克兰②，以便游历一番，等待可汗回信的到来。我们搭乘近似我国战舰的船只沿河出发，这种船只是划桨人都站在船中心划桨，船上的乘客则在船首和船尾，全船上搭有遮棚，是用当地出产的一种似麻非麻而比亚麻细致的植物编织成的。

我们在这条河上走了27天，每日中午船停靠沿河村镇，购买所需杂物，做晌礼拜，至夜晚下船投宿于另一村镇，就这样一直到达隋尼克兰，即隋尼隋尼城，此地出产瓷器，亦在刺桐制造。阿布哈亚河于此处入海，所以这里也叫作海河汇合处③。隋尼克兰是一大

---

①　该城位于马格里布境内，非斯城以南的地方。——译者

②　指广州。

③　现在由泉州至广州并无直达的河道，其间虽有梅江及东江，但并不相通。——译者

城市，街市美观，最大的街市是瓷器市，由此运往中国各地和印度、也门。城中央有一座九门大庙，每一门内设有圆柱和台凳，供居住者坐息。第二与第三门之间有一地方，内有房屋多间，供盲人、残废者居住，并享受庙内供应的生活费和衣服。其他各门之间亦有类似的设备。庙内设有看病的医院和做饭的厨房，其中医生、仆役很多。据说：凡无力谋生的老人皆可向庙里申请生活费和衣服。一无所有的孤儿寡妇亦可申请。该庙是由一位君王修建的，并将该城及其附近的村庄的税收，拨充该庙的香火资金，这位君王的肖像画在庙里，供人参拜。城的一个地区是穆斯林居住区，内有清真大寺和道堂，并设有法官和谢赫。中国每一城市都设有谢赫·伊斯兰[①]，总管穆斯林的事务。另有法官一人，处理他们之间的诉讼案件。我们寄住在敖哈顿丁·兴炸雷处，他是一位家资富有的善良人士，共住了 14 天，法官和其他穆斯林在此期间络绎不绝地送来了珍奇礼品，每天举行宴会，请来歌手助兴。在此城以南，不论是穆斯林的，或是异教徒的，再无任何城市了。

故　事

后来辞别了法学家，搭船启程。一路上，午餐于此村，晚餐于彼镇，行 17 日抵达汗沙城[②]。该城名完全像是女诗人汗沙的名字[③]，我不知道它是阿拉伯名字，或是同音巧合呢？该城是我在中国[④]地域所见到的最大城市。全城长达三日程，在该城旅行需要就餐投宿。该城的布局，正如我们谈过的那样，是每人有自己的花园，有自己

---

① 可理解为总教长。——译者
② 即今之杭州。——译者
③ 女诗人汗沙生于公元 757 年，约卒于 668 年，是阿拉伯最伟大的女诗人，有《汗沙诗集》流传，多吊唁诗。——译者
④ 作者提到中国时，有时指中国全部，有时指中国南方，因当时北方称作"契丹"。——译者

的住宅。全城分为六个城市，详情后叙。我们到达时，有法官赫伦丁，当地的谢赫·伊斯兰，以及当地的穆斯林要人——埃及人士欧斯曼·伊本·安法尼的儿子们，都出城迎接，他们打着白色旗帜，携带鼓号。城长也列队出迎。该城共有六城，每城有城墙，有一大城墙环绕六城。

全城的第一城由守城卫兵，在长官统率下居住。据法官等人告诉我说：士兵为12000名。进城后，当夜寄宿在军队长官的家中。第二日，由所谓犹太人进入第二城，城内居民为犹太和基督教人，以及崇拜太阳的土耳其人，他们人数很多。该城长官是中国人，第二日我们寄宿于长官的家里。第三日进第三城，穆斯林们住此城内，城市美丽，市街布局如伊斯兰地区一样。内有清真寺和宣礼员，进城时正当为晌礼宣礼时，声闻远近。在此城我们寄宿于埃及人士欧斯曼·伊本·安法尼之子孙的家中。他是当地一大巨商，他十分欣赏此地，因而定居于此，该城亦因此而出名。他的子孙在此地继承了他的声望，他们一仍其父辈的怜贫济困之风。他们有一道堂，亦以欧斯曼尼亚著名，建筑美丽，慈善基金很多，内有一批苏非修道者。欧斯曼还在该城修建一座清真大寺，捐赠该寺和道堂大量慈善基金，该城的穆斯林很多。

1345年，伊本·白图泰经由孟加拉国到达中国泉州、广州、杭州、汗八里克（今北京）。他在《游记》中描述了中国农业品、金银手工艺制品、瓷器、煤炭、绘画及交通、旅行、社会治安等部门管理情况，记述了中国城市穆斯林聚居区和区内清真寺的情况，并在《游记》中提到了法官、道堂、苏非修道者等。《游记》是研究中国伊斯兰教、元代中外关系史的重要参考文献。

1981—1982年，我用全部精力反复阅读《伊本·白图泰游记》全文或部分章节。一些译文中的枝节问题，往来书信已解决。在这漫长而又聚精会神的阅读中，我感到伊本·白图泰是一位伟大的学者、伟大的旅行者，他能够用一种平和的心态对待他所经历的不同国家、地区人们的生产方式、生活状况、宗教信仰、精神文明、礼俗文化等方面。正因为这样，600多年来有15种文字翻译出版这本书，再加上我案头摆着这本中文译稿，应该说是世界上已有16种文字翻译出版了这本书。伊本·白图泰是经过历史长河检验的穆斯林文化名人，也是世界文化名人。1983年夏天，我专程拜访马金鹏先生，向马老先生汇报，《伊本·白图泰游记》中文译稿，我作为责任编辑的工作已经结束，准备发稿了。我恭请他写一篇"译者序言"。序言大致写他与《伊本·白图泰游记》的因缘结合；白图泰三次出游的经过，所见奇闻逸事；50年来，他萍踪不定，环境在变迁，面对案头的一尺译稿，有何感想。马老听了我的汇报后，欣然赞同。到了1983年秋天，马老给我寄来7000多字长篇序言。70多岁的老人，伏案撰写这篇长文，又是楷书撰写，我拜读后觉得符合我的想法，我就将此序言和全部译文稿子，送交社领导。

过了一段时间，社领导说：你让译者按你的要求写来的长篇序文很全面，也很精彩。但我想换一个思维方式，写马金鹏先生这一批回族青年进入埃及开罗爱资哈尔大学，各有所学，各有所专。学成归来，以其所学贡献于中国社会。这样写出来读者也会感到亲切。这样行不行？我明白了，我接受领导的意见。我给马金鹏老先生打电话，原写的长篇序文作废。按照新的想法，写一篇短小精辟的小文。马老当然会同意。

又过了一段时间，马老先生电话告我，新序言写好了。

译者的话

1932年，马松亭大阿洪借赴埃及考察之便，护送我们5名回族学生，去开罗爱资哈尔大学深造。爱资哈尔大学是一座闻名世界的古老的伊斯兰高等学府。我们中国留学生，在这里除了学习必修课外，还就个人所好，在研究上有所偏重，如马坚对于《古兰经》，纳忠对于伊斯兰文化，林兴华对于阿拉伯文学，纳训对于《一千零一夜》，后来他们都有所成就。我则对阿拉伯游记著作，尤其对《伊本·白图泰游记》颇感兴趣。

伊本·白图泰是中世纪伟大的穆斯林旅行家。他于公元1304年出生在摩洛哥的丹吉尔。21岁时，去麦加朝圣，开始了周游各国的旅行，行程几乎达12万公里，历时28年，遍访穆斯林各国。他长途跋涉，堪与马可·波罗相比，他曾三次出游，四访麦加。他担任过德里和马尔代夫群岛的法官，陪伴过希腊公主去君士坦丁堡，游览过苏门答腊和爪哇，并曾以印度苏丹的使者身份于1346年（元顺帝至正六年）来到中国泉州，继去广州、杭州及元大都（北京）等地游历，考察了中国民情风俗，结识了一些中国穆斯林名流。然后，于1349年短期回归故国。不久，他又启程前往格拉纳达王国，由此横贯非洲，到达尼日尔盆地。

《伊本·白图泰游记》是研究中世纪伊斯兰世界的历史，尤其是研究印度、中亚、西亚、非洲的历史、民族、宗教、民俗、地理等方面的一部很有价值的名著。他的文风开门见山，时有议论，甚为幽默，不愧为阿拉伯文学杰作。本书已全部或部分地译成15种文字，我则根据埃及出版的阿拉伯文版本译为中文。

多年来萍踪不定，时译时辍。党的十一届三中全会以来，国运新，文运新。垂垂老矣，躬逢盛世，我不揣固陋，将旧稿整理问世，为沟通中阿文化交流，略尽绵薄之力。限于水平，译文中难免有错误或不当之处，敬请专家、读者不吝指正。

宁夏人民出版社对本书的出版，大力支持。宁夏社会科学院民族宗教研究所杨怀中同志几次审阅译稿，提出宝贵意见，谨此致谢。

马金鹏

1984年11月于北京海淀中关园十九号寓舍

《游记》中译本的影响

一、《游记》中译本的面世，在学术研究领域填补了没有该书中译本的空白，学术研究中也从原来只能依据张星烺先生从德文译出的《游记》中国部分的基础上大大地前进了一步，变成引证马金鹏《游记》中译本为主、参考张星烺中译本的局面。对中国摩洛哥文化交流做出了贡献。

二、使周恩来总理关于尽快把《游记》翻译成中文的遗愿变为现实。1963 年，周总理访问摩洛哥期间，摩洛哥国王哈桑二世拿出视为国宝的《伊本·白图泰游记》向周总理介绍伊本·白图泰 600多年前游历中国的事迹，周总理向随行人员了解到该《游记》没有中译本，就指示回国后尽快组织人员翻译此书，以增进中摩两国人民的传统友谊。《游记》中译本的正式出版发行，了却了周总理的心愿。为告慰周总理的在天之灵，家父（本文作者之一马博忠先生是马金鹏先生的长子）把新书连同书信一封第一个寄给时任全国政协主席的邓颖超同志，信中追述了当年周总理的指示精神，介绍了该书的出版经过。

三、1987 年，中国伊斯兰学者李华英先生根据中国伊斯兰教协会的安排，前往摩洛哥出席哈桑国王斋月讲学会，携带《游记》中译本作为敬献礼物之一赠给哈桑二世国王。由于《游记》中译本第一次在伊本·白图泰故乡出现，国王不仅说"好极了"，并指示连同其他两件礼物一同收藏在博物馆中。

一时间，此事成为摩洛哥新闻媒体的焦点，记者纷纷采访李华英先生，李先生也成为新闻人物，中国驻摩洛哥大使馆文化参赞对李华英先生表示祝贺说："你以中国学者身份把摩洛哥人视为珍宝的《伊本·白图泰游记》中文译本送到哈桑国王手中，是你在这里备受欢迎的原因所在。"《游记》中译本在伊本·白图泰的家乡产生了"轰动效应"。为提高质量，怀中与家父商量书中增补伊本·白图泰出游路线（笔者有幸参加了制图工作），增印5000册以解燃眉之急。一部译著十几年间先后两版引起对怀中老师感赞之情。现引证如下。

1985年，第一次印制《译者的话》中说："宁夏人民出版社对本书出版的大力支持，宁夏社会科学院民族宗教研究所杨怀中同志几次审阅译稿，提出宝贵意见。谨以此致谢。"

2001年，第二次印制《译者的话》中强调："在出版《游记》的工作中上海外国语学院的朱威烈、宁夏的杨怀中等同志，都大力予以帮助，特别是杨怀中同志，蒙他积极热心地阅稿，提出意见，再次向他们致谢。"

四、1985年，家父把新书作为生日礼物，送给恩师马松亭阿訇，这位已90岁高龄的原成达师范学校主要创始人，用双手抚摸着学生的厚礼，感受着教育者的丰收喜悦。他激动地说："志程（家父的号），这不仅是你的成绩，也是成达师范学校的教育成果和光荣。"又细致地询问了出版社和责任编辑的情况，当听说责任编辑杨怀中老师才50岁时，马老感慨地说："我已年过九旬，真主快给口唤了，志程，你们这批学生也都70多岁了，还能奋斗十几年，中国回族的希望就在年轻人的身上，50岁的人有承前启后的责任。"

五、《游记》出版后，一时间成为健在的中国回族早期留埃学生交流的话题，纳忠、张秉铎、刘麟瑞、杨友漪、王世清、林仲明、金茂荃、马维芝等纷纷登门祝贺，并询问出版经过，怀中老师成为话题之一。

健在并服务各部门的原成达师范学校的老学生闪克行（农工民主党）、马人斌（中国伊协原副会长）、周仲仁（济南伊协原会长）、王国华等（原服务于教育、外交、国防、商贸等部门的北京大学阿拉伯语专业历届毕业生）也成群结队地前来表示祝贺。一时间原本清静的家变得门庭若市。

六、《游记》的出版也极大地激发了蕴藏在家严心中几十年的学术研究潜能，使他老人家在耄耋之年迎来了一生中第二次翻译高潮，在生命的最后 15 年里进行了顽强的拼搏，把坚韧不拔的学术研究精神发挥到了极致。推出《古兰经译注》《穆罕默德评传》《曼达叶合》《穆罕麦斯》等近 300 万字的译著。这之中，怀中老师组织出版《游记》所产生的推动力量是不言而喻的。

七、一部译著能在学术、政治、外交、宗教、社会等领域产生诸多影响也是可圈可点的。除译者外，责任编辑的作用是不可低估的。

由于摩洛哥国王哈桑二世来华访问，谈到中国翻译《伊本·白图泰游记》一事，宁夏人民出版社立即重印一次，马金鹏教授又写了《再版译者的话》，这对中国翻译阿拉伯著作，或有参考、借鉴的意义。

《伊本·白图泰游记》再版译者的话

世界名著《伊本·白图泰游记》阿拉伯文译本自 1985 年在我国问世后，得到国内外许多学者的关注。我国的穆斯林代表团，也将此译本作为礼物送给摩洛哥哈桑二世。

1999 年，摩洛哥国王访问我国，又一次提到《伊本·白图泰游记》这本书，从而使它得以重印。在此，我由衷地表示感谢。

缘　起

本书的翻译经过了漫长的 40 余年。1932 年底，我赴开罗学习。在伊斯兰正道会举行的一次欢迎会上，关于伊斯兰教传入中国的种种说法给我留下了深刻的印象。

后来，我带着这个问题读了穆罕默德简史《定信之光》，特别是该书 203 页以后的"致函各国君王"和 286 页以后的"各地代表"的记载，都没有找到有利于中国传说的证据。

以后我查看了由伊本·希沙姆和哈顿毕分别著作的《穆罕默德传记》，以及太伯里著的《历史民族和帝王史》和伊本·艾希尔著的《历史大全》，都一无所获。由此引起了我对阅读历史、地理书籍的兴趣，进而产生了对阅读和翻译《伊本·白图泰游记》的兴趣和想法。

当时报纸杂志上登载的有关阿拉伯文化贡献的文章，只要见到，我是篇篇必读。文化界所举行的有关旅游的报告会，一有机会我就争取参加。并从埃及国立图书馆借到一部 1904 年版本的《伊本·白图泰游记》阅读。

选定版本

1936 年底，我回国后，留埃同学韩宏魁将埃及教育部颁的《伊本·白图泰游记》校订本借给我。我真是喜出望外。

与其他版本相比，《游记》校订本确有独到之处。在校订者的《序言》中重点介绍了《伊本·白图泰游记》的重要性，世界各地对《游记》的重视及研究，以及《游记》被译为多种语言而成为世界名著之一等情况；书中还插入 11 幅旅行示意图，可使读者对伊本·白图泰在 600 多年前孤身经过近 30 个春秋，走遍旧世界（指新大陆发现前的地区）大部地区的行迹一目了然。书中还对涉及历史、地理、宗教派别、语言文学等方面的疑难问题加以解释，易于读者理解。此外，对于生疏的地名根据原书的文字注音，用符号标音；还增设标题和标点符号，使《游记》眉目清晰，句读分明。

我决定选此为翻译蓝本。当时日寇不断空袭，只得夜里工作，白天携带原书和底稿，去牯牛洞躲避。不久日寇侵犯桂林，此时，我已译完一半，却不得不将书奉还给他的主人。此后，生活一直颠沛流离。我也一直寻找这一蓝本，直到 1952 年，我在上海，一个意外的机缘使我从老师庞士谦阿訇处得到了《游记》校订本。

1953 年，我返回北京时，庞老师知道我的翻译工作，他便慨然地对我说："我这里的《游记》校订本，你拿去用吧！"我回答说："怕不能很快送还啊！"他说："那就送给你吧！"我听到十分感谢。他问还有什么困难，我说："书中引用了不少《古兰经》章节，注明其出处较为困难。"于是他把一本名为《弟兄明灯》的《古兰经》索引一并送给了我。

1954年暑假，我的留埃同学马坚教授，也很关心我的翻译工作，他费了很大周折从北京大学图书馆为我借到了《伊本·白图泰游记》巴黎法阿文对照版本，这个版本是1809年出版的，有很高的价值，在国内甚至在世界上也是罕见的版本。

巴黎版本，保存了原书全貌，是研究《游记》的好材料。但由于我已根据校订本完成了大部分翻译工作，加上巴黎版本借阅期有限，所以我打算先完成《游记》校订本的翻译。能看到多种版本，对翻译工作是有益的。1954年冬，我见到《游记》的另一原文版本，是开罗商业大书店于1938年印行问世的，全书上、下两册合订在一起，无校订者和校对者名字，可供作校对其他版本中可疑处的参考。

后来，我见到贝鲁特出版的《游记》原文全书。那是我的留埃同学林兴华同志为我借到的。该版本是由贝鲁特两个书店合印，并于1964年刊印问世的，全书合为一册。书前有凯顿姆·布斯塔尼写的一篇短序，介绍了英、法、荷兰和德国的东方学者对《游记》的翻译出版情况。书末附有人名、地名索引，这对全书译名的统一是较有用的。

另外，还有不少对《游记》的改写本。也对我了解原文的意义及避免错误极有帮助，同时通过了解某些改写本的错误，也使我翻译时免蹈覆辙。

总之，我对于《游记》的原文版本的知识就是这样。至于世界上许多种语言的译本，我更是所见甚少，所知不多了。至于汉语译本，只是张星烺先生在其《中西交通史料汇编》中介绍了《游记》中的中国部分，是根据德文译本翻译的。

多种准备

为翻译此书，我阅读了许多旅游方面的图书，如刘半农与其女刘小蕙合译的《苏顿曼东游记》、冯承钧译的《马可·波罗行纪》、张星烺所译的《伊本·白图泰游记》的中国部分。

此外，还阅读了阿拉伯文的《阿拉伯船舰史》、《伊本·祖贝尔游记》、《一千零一夜》中的"辛巴德航海记"、"绿色的突尼斯"、赖哈尼写的《游记》、阿布杜·瓦哈布·阿扎姆写的《旅游》等。后来参加了翻译《阿拉伯半岛》《科威特简史》等工作，对翻译《游记》都是有益的。

译中点滴

由于翻译过程长达40余年，随着知识的积累，会不断发现以前的译文中时有欠妥。比如，在桂林翻译时，"麦刷尼尔"一词，我初译为"工厂"，但后来发现是欠妥的。因为这些"麦刷尼尔"，不但见之于北非，而且见之于吉达，而最多的是见之于从库法去麦加的沙漠中。

后经查阅了《古兰经》文中26章129节的原文和阿文《辞源》《凤冠大辞典》和《阿拉伯语文大词典》，才知道在600年前该词有另一个意思，那是"像窖一样的存贮雨水的池子"，故改译为"储水池"。

同样，"法黑木"一词也有多种含义。如果照现代的理解会误认为是石煤，不知书中所用的是木炭，不是石煤。

另外，有些词的读音，也或有不同，原因是多样的，这里只举一个"伊巴堆叶"为例。"伊巴堆叶"是伊斯兰教的一个既不属于正统派，也不同于十叶派的一个教派，有国外作者标音为"艾巴堆叶"。为了证明应该读作"伊巴堆叶"，我曾参阅过许多有关教派的书，如特白雷斯坦著的《教门和派别》《穆斯林、犹太教、基督教和袄教徒的派别》，人名词典，甚至从词法上都查了一下，才证明确是"伊巴堆叶",而不是"艾巴堆叶"。

有时,书中印刷上的一个字母之错,也给翻译带来困难。此时,往往要费许多工夫,才能弄个水落石出。如原书上册109页第14行中间是这样译的:"妇女巡礼道则在石巡道外。"这里的"石"字是根据其他版本,查阅词典改正的,因原文是"候之赖吐"(房子),而"石"字阿文是"哈扎赖吐"。因少排了一个字母"艾里夫",使词义大变。

原书上册30页第16行中提到"赛鲁河",校订者加了注,他根据"赛鲁"是蒙古语"黄"的意思,把"赛鲁河"注为黄河,尽管这里所说河的流向是自南向北,是作者的错误,但注文里的"黄"(艾泰凡尔),被排成"最小"(艾素额尔),一个"凡",一个"额",在阿文是两个形近音异的字母,是可以识别的。我从地理知识上判别,不能译为"最小的河",而只能译作"黄河"。

翻译中最棘手的是人名、地名的音译。比如"谢赫"一词的译音,就有"筛海""晒海"和"尚黑"等等。我看"筛海"音最近原音,因"谢"xie不等于原文的山shan,而"晒"shai却是四声。但我译时选用了"谢赫",是由于相沿成俗。

至于习惯上把"艾米尔"音译为"伊密","阿布白克"音译为"阿布拜克","欧麦尔"音译为"奥马",严格讲起来都是与原文发音不符的。还有些地名如"开罗""麦加"只能沿用西方语言的译法。无法回到阿文的"麻习顿"和"满凯"。

《游记》中的阿拉伯地名,我尽可能地在注里加上阿文原读音,有时兼注明其含义,以加深读者的印象。

历史和宗教

《游记》所涉及的重要问题很多,有伊斯兰教方面的、历史方面的、交通史方面的和民俗方面的,这使翻译工作更为艰难。

《游记》把当时的伊斯兰分布概况告诉了我们,就是从西班牙南部的安达鲁西地区、北非、近东、中东到处于远东的中国都有穆斯林，各地人数虽有不同，但信教内容都大同小异。由于伊本·白图泰是正统派中的马利克教派，他的言论和记录自然偏重于马利克教派。作为中国的穆斯林，我对该教派不熟悉。所以，当译文遇到相关问题时，就得查阅有关学派的材料。例如教法问题，首先查阅"麦加知麦尔·艾诺胡尔"（汇流）这一哈奈非学派的教法，再查阅《四大教派教法》中的有关部分。例如聚礼日查点居留人数的事，就曾参看《四大教派教法》第一册的"聚礼章"才写出注释。

为了证实《游记》介绍的朝觐仪式确实无误，我曾参看了《永久幸福》一书的有关部分。

涉及伊斯兰教的清真寺部分也查阅了不少资料。众所周知，凡是举行聚礼的寺，称为"清真大寺"。凡不许举行聚礼的寺，称为"清真寺"；只供平常礼拜的处所叫"礼拜处"（穆算俩）。我国有些地方的穆斯林把这称作"扫麻儿"，这虽可理解为小寺，却也向无"分寺"之称。有些人的译文中则把"杂咸叶"一词译为"分寺"，这是欠妥的。造成这一译法的原因是：该词有多种意思，一般解释为"（建筑物的）角落、两线相合处的角、清真大寺以外不设讲演台的寺、供修道者寄宿的地方、（木匠用的）三角规"。由于这些"杂咸叶"多建在偏僻所在，故符合"角落"的意义，但它不是专供修道者寄宿的，为了符合我国西北穆斯林的习俗，故译为"道堂"。

伊本·白图泰将当时的国际形势概括为"七雄并峙"，特别对伊尔汗、莫卧儿王朝的历史都作了介绍。这其中就涉及了蒙古史、我国元朝的历史等。

关于蒙古史的部分，我是在阅读了阿文本《历史集成》（拉史·顿丁著）和汉文的《多桑蒙古史》、《元史》和《新译简注蒙古秘史》等书以后才翻译的。

《游记》对中西交通史提供了极为丰富的宝贵资料，我国的"丝绸之路"，阿拉伯人的"香料之路"，共同构成了中西交通史上的两条通衢。伊本·白图泰就是这一历史的见证者和友好使者。

为了充实这方面的知识，我曾读了《诸蕃志》《中西交通史料汇编》以及有关郑和下西洋的著作。也读了另外一些阿文著作，最重要的是《道路与君国》（伊本·胡尔兹比赫著），特别注意到书中题为"去中国的途径"一章。

为了证实《游记》对中国船只描写的真实无误，我曾参看了《中国古代科技成就》一书中的题为"中国古代造船工程技术成就"一文。为了解及准确翻译用棕绳捆绑木板这一造船技术，我阅读了乔治·法堆鲁·侯拉尼著《阿拉伯人和在印度航行》一书。1981 年，阿曼苏丹国派一阿拉伯古式绳船，利用风力沿古代航线东渡，按预计时间抵达广州，足以证明《游记》对这一段航程的记载是可靠的。

至于伊本·白图泰是否曾到过汗八里（元朝时的大都，现在的北京），是有问题的。《游记》下册记载：大意是伊本·白图泰奉印度素丹之命，随使团到中国答聘，后因船只破毁，他孤身一人辗转至中国南方，继至汗八里，正值皇帝出征战死，而未得晤。以上记载中的到达汗八里和皇帝战死是与历史不符的。

《游记》中民俗方面的资料更是俯拾可得，如婚嫁、丧葬、待客、生活等。信仰伊斯兰教各民族的习俗，如尚右、节日盛况、抛撒钱币以及圆经仪式等，似都可在我国穆斯林中间找到类似的习俗。这也是有待研究的问题。

回忆《游记》几十年的翻译工作，始终得到各方面的关注和支持。最大的鼓励就是中华人民共和国的成立，各族人民在中国共产党的英明领导下，团结一致为建设社会主义祖国奋斗，文化领域也像其他领域一样蓬勃发展。翻译《游记》的工作，不但提到日程上来，而且许多因素督促我加快步伐，早日脱稿。

特别应当提及的是，解放后不久，敬爱的周总理在非洲十国之行中，曾会见了摩洛哥国王哈桑二世，哈桑二世拿出奉为国宝的《伊本·白图泰游记》让周总理看，并一起回忆了伊本·白图泰访问中国这一历史，表明两国友谊源远流长及加强两国间友好关系的愿望。事后周总理希望将《游记》译成汉文。这件事，给我的翻译工作增添了新的动力。

十年浩劫，许多材料丢失，且因两次心肌梗死，使我几乎一蹶不振，中断翻译十数年。但党的十一届三中全会给全中国带来了春风化雨，尽管我身体欠佳，已头秃齿豁，但看到祖国的四化建设飞进，看到祖国的繁花似锦，便充满了活力。使我在不到两年的时间内，完成了《游记》下册的翻译工作。

在翻译原序时，得到叙利亚专家奥贝德的帮助，解决了久悬未决的问题，在此向他致谢。在出版《游记》的工作中，上海外国语学院的朱威烈、宁夏的杨怀中等同志，都大力予以帮助，特别是杨怀中同志，蒙他积极热心地阅稿，提出意见，在此向他们致谢。

在此还要特别感谢北京大学图书馆，因为它为我提供了一切十分宝贵的参考书。还要感谢北京大学东语系的许多同志，他们是蒙古语专业的楚乐特木、印地语专业的殷鸿原、图书室的袁有礼等。

译稿誊清后，交由我的长女马博华阅读润色，由三女马晶描图。此次重印，又将七幅交通图补齐，长子马博忠、次子马博孝、三女马晶均协助翻译、复印及制图。

马金鹏

1999 年 7 月 22 日

于北京大学中关园 19 号

实施好"一带一路"的建设

2014 年 6 月 5 日，中国国家主席习近平以《弘扬丝路精神深化中阿合作》为题，在中阿合作论坛第六届部长级会议开幕式上讲话。

他讲道："回顾中阿人民交往的历史，我们就会想起陆上丝绸之路和海上香料之路。我们的祖先在大漠戈壁上'驰命走驿，不绝于时月'①，在汪洋大海中'云帆高张，昼夜星驰'②，走在了古代世界各民族友好交往的前列。甘英③、郑和、伊本·白图泰④是我们熟悉的中阿交流友好使者。丝绸之路把中国的造纸术、火药、印刷术、指南针经阿拉伯地区传播到欧洲，又把阿拉伯的天文、历法、医药介绍到中国，在文明交流互鉴史上写下了重要篇章。"⑤

习近平主席在讲话中几次讲到"弘扬丝路精神"，据此提出中阿共建"一带一路"倡议，他再次讲道："中华民族和阿拉伯民族创造了灿烂辉煌的文明，近代以来又都在时代变迁中历经曲折，实现民族复兴始终是我们双方的追求。让我们携起手来，弘扬丝路精神，深化中阿合作，为中国梦和阿拉伯振兴而努力！为人类和平与发展的崇高事业而奋斗！"⑥

宁夏社会科学院党组书记张进海教授在 2014 年 12 月 28 日的研讨会《致词》中说：国家深化和加大了对外开放的深度和广度，"一带一路"成为国家未来发展的重大战略，向西发展、向阿拉伯国家和伊斯兰地区开放成为这一建设的重点任务。这就为新时期回族学、伊斯兰文化研究提出了新的更加现实的课题。我们就是要研究如何

---

① 见：范晔《后汉书·西域传》。范晔（398—445 年），顺阳（今河南浙川东南）人，南北朝时期史学家、文学家。

② 见：《天妃灵应之记》。《天妃灵应之记》俗称《郑和碑》，记述了郑和七下西洋的经历。

③ 甘英（生卒年不详），东汉使者，公元 41 年受命出使大秦国（罗马帝国），行至安息（今伊朗）西界的波斯湾，止步而还。这次出使虽未到达大秦国，但增进了中国对中亚国家的了解。

④ 伊本·白图泰（1304—1378 年），摩洛哥人，旅行家。

⑤ 习近平.习近平谈治国理政：第一卷 [M].北京：外文出版社，2014：313-314.

⑥ 同⑤，319.

在新形势下进一步拓展回族学、伊斯兰文化研究的领域与空间，配合国家及宁夏实施好"一带一路"建设，深化面向阿拉伯国家和世界穆斯林地区的文化交流与合作，做出新的贡献。

关于郑和。他 7 次出使西洋，行程 10 万余海里，历时 28 年，访问了亚、非 30 余国，这是明朝初年的盛事，也是世界航海史上的壮举。这对于中国和世界历史都具有深远的意义。正如英国学者李约瑟在其著作《中国科学技术史》所阐述的："当世界变革的序幕尚未揭开之前，即 15 世纪上半叶，在地球的东方，在波涛万顷的中国海面直到非洲东海岸的辽阔海域，呈现出一幅中国人在海上称雄的图景。这一光辉灿烂的景象，就是郑和下西洋。"我们参加了多地举办的郑和航海 600 周年纪念会，期刊《回族研究》上连续发表了许多纪念郑和的论文和专集。

关于伊本·白图泰。我于 1980 年 10 月编辑有关他的《游记》中文译稿，1985 年正式出版，2001 年再版；当前由北京华文出版社将此书于 2015 年 6 月再版。我应邀撰写了"序言"，介绍了此书中文译稿发现经过及责编之事。《伊本·白图泰游记》这本书，作为世界文学名著，伊斯兰文化之瑰宝，在当今 36 年中能在国内两家出版社三次出版发行，使中国读者更多地了解伊本·白图泰这位"中阿交流的使者"遍访东方各地的事迹，这是为今天"一带一路"建设增添光彩。在此我们仰望长空，告慰《伊本·白图泰游记》一书二序文译作者马金鹏老先生在天之灵。

谨以此文献给在银川成功举办的第二届中阿博览会。

恭祝古老而又年轻的中阿友谊之树常青！

2014 年夏初稿；2015 年夏改定

（本文来源《回族研究》杂志 2015 年第 4 期）

附录六　岁月留痕：与伊本·白图泰有缘的中国学者

李世强　李警予　李世雄

谨以此文纪念家父李光斌

非常荣幸，我们有幸子承父业跟父亲一样，现仍在中国国际教育电视台和外交系统驻华使馆从事外事工作。有幸自幼受父亲潜移默化、耳濡目染的影响，对阿拉伯、摩洛哥怀有深厚的感情。虽说父亲去世已多年，但时至今日，父亲的音容笑貌，言谈举止，为人处世的精彩人生却早已铭刻在我们的脑海里。

然而让我们感到最为遗憾的是，动手收集有关资料错过了最佳时期。当年父亲健在时，本来能有许多机会和时间去详尽了解、记录他一生中的感人岁月篇章，可惜因我们的愚钝错失了良机。熟悉他的那代人有的已经走了，有的已经老了，他的名字已经不像当年那样常常被人提起。岁月是无情的，它在带走一代人的同时，也带走了人们对他的记忆。然而，历史不应该忘记那些为中摩友好译介事业做出过特殊贡献的人，他的名字应该载入中摩友好史册。

每当我们掩倦闭目之时，父亲的音容笑貌中包含着中国共产党人的铮铮铁骨，灵活中蕴藏着的刚毅原则，沉稳中洋溢着的智慧风采，豪爽中展现的国际主义博大胸怀，忆往事，引出我们魂牵梦绕的不尽思念。作为老外交官的后代，时在当下，将他与《伊本·白图泰游记》的译介故事，与《伊本·白图泰游记》译介中鲜为人知的往事记录下来，是一件紧迫而又责无旁贷的家族传承使命。

有据可考的文献记载，长达 6 个多世纪的中摩民间友好历史，是由无数件事与人组合而成，细节是历史形成的积累，有了细节会有助于人们更好地解读历史。细节记载了中摩友好历史发展过程中的许多故事，细节记载了历史行进中的曲折过程，特别是了解中摩友好译介历史，需要更多细节。

最是读书能致远，人间至味是书香

摩洛哥王国位于非洲西北部，与地处东亚的中国相隔万里之遥。然而与摩洛哥有缘的中国学者却为数不少，他们的故事谱写出中摩友谊的华美乐章。这其中，值得提及的是，我们的父亲李光斌，被中摩外交界、翻译界、学术界誉为"中国的伊本·白图泰"，他是在中摩友好译介史上留下过特殊足迹，特殊墨迹，对中摩两国产生过特殊影响，并在上述领域有过特殊经历和特殊贡献的中国学者。

时序更替，梦想前行。

2024 年 11 月 1 日，是中国和摩洛哥建交 66 周年。为此，应《〈伊本·白图泰游记〉在中国》新书作者吴富贵教授邀请，我们身为李光斌教授的儿女，愿借此机会与各位读者回顾分享一下我父亲在这段中摩友好《伊本·白图泰游记》译介史上，鲜为人知的二三件往事。

伊本·白图泰博物馆陈列着《异境奇观》全译本

风光旖旎，如诗如画的丹吉尔，是伊本·白图泰的故乡，位于摩洛哥北端从大西洋进入地中海的入口处，是摩洛哥著名的北部古城、非洲最大的港口——丹吉尔省省会，全国最大旅游休养胜地。海风送来地中海的涛声。摩洛哥旅游文学巨匠、闻名于世的大旅行家伊本·白图泰博物馆和故居就坐落在这海滨城市之中的如画风光里。

坐落在丹吉尔老城的伊本·白图泰博物馆，展陈用图文并茂的形式，介绍和讲述了伊本·白图泰的生平及旅行经历。600多年前，这位大旅行家用了近30的时间，环游世界30多个国家和地区，行程12万千米，从摩洛哥带来乳香、没药等阿拉伯香料；从中国带回瓷器、丝绸、茶叶等物品和先进的生产技术。摩洛哥民众在贸易往来中学会了制作丝绸，并结合当地文化进行传承和创新。

数量可观的中世纪藏品在博物馆中得到完好保存，呈现出了一条关于摩洛哥对外友好交往清晰而久远的时空线索，也为当年古丝绸之路的繁盛提供了充足的证明。在广大摩洛哥民众的建议下，为传承友好，建立纪念馆，以铭记这段友好交往的历史，使其成为丹吉尔市对外人文交流印记的重要组成部分。

没有伊本·白图泰，就没有博物馆，没有博物馆就没有如潮的人流，就没有灯光和歌声，就没有今天的摩洛哥文学旅游业。据说，就是这样一家面积狭小的伊本·白图泰博物馆，竟然每年吸引七八十万游客慕名而至，成为摩洛哥文学风情旅游业之最。如今，这家博物馆正在用丰富的伊本·白图泰遗存和文献，续写摩洛哥人文旅游传奇，成为一处享誉世界人文旅游文坛的历史丰碑。

步入伊本·白图泰博物馆，充满古色古香的摩洛哥传统风情，映入眼帘粗糙墙面上的镜框里，悬挂展示着古代绘制的航海图，伊本·白图泰的头像、半身雕像和全身立体雕像，木质帆船以及数量繁多的反映摩洛哥古代海上交通民俗文化的器物，生动地再现摩洛哥古代悠久辉煌的海洋文化，讴歌摩洛哥人民勇于征服海洋的英雄气概，展示摩洛哥王国对人类开辟海上丝绸之路的重大贡献。

最是文学能致远，最是文学润后生。在参观中，我们发现在纪念馆古色古香的展柜里，陈列着2008年11月海洋出版社出版的李光斌译介的180万字中文版《异境奇观——伊本·白图泰》（全译本）。这惊人的发现，让我们身为译著者的后代感到莫大的荣幸和自豪。博物馆工作人员介绍，如今这部译著已成为摩中两国在文学旅游人文交流领域的友好信物。

摩洛哥丹吉尔伊本·白图泰博物馆中陈列展出的
《异境奇观——伊本·白图泰》（全译本）

一本译著一本论著与两个国家的爱心接力

2008 年 10 月 1 日，第八届、第九届全国人大常委会副委员长铁木尔·达瓦买提，在为《异境奇观——伊本·白图泰游记》（全译本）所作序言中写道："在隆重纪念中摩建交五十周年的日子里，我们期待已久的《异境奇观——伊本·白图泰游记》（全译本）终于问世了。这是中摩关系、中阿关系乃至中非关系发展中的一件大事，是献给各国人民的一份厚礼。"

　　《异境奇观——伊本·白图泰游记》（全译本）是一部百科全书式的鸿篇巨制。在中国出版从阿拉伯语直接翻译的全译本这还是首次。这部书忠实地记录了摩洛哥伟大旅行家伊本·白图泰将近 30 年的旅途各国见闻。这部巨著内容丰富、语言生动、朴实无华、资料翔实，具有重要的历史价值和现实价值，是研究中西交通史、海上丝绸之路不可多得的参考文献，也是研究中阿、中非文化交流史的重要史料。

　　翻译这样一部巨著所面临的困难是可想而知的。一方面，没有足够的阅历，深厚的语言功底和征服一切艰难险阻的毅力，不达目标决不罢休的决心是无论如何也无法完成的。父亲在家人的鼓励下，默默无闻地从事翻译、考证、诠释、注解工作。几十年如一日，无怨无悔爬格子，坚持不懈做学问，其精神是难能可贵的。人，在生活中就要有这么一种精神作为支柱。在阅读这部巨著过程中，我们对父亲这种顽强的奋斗精神，深表敬佩。他独自闯出一条翻译与科研兼顾的、家族式的译研结合、同时并举的新路。另一方面，父亲深受已故周恩来总理的国际主义精神的影响，他知道周总理对伊本·白图泰很是器重。从那时起，就萌生了翻译这本巨著的想法。现在可以告慰周总理的在天之灵，《异境奇观——伊本·白图泰游记》（全译本）正式出版发行了。

　　全国政协原常委、中国社科院学部委员历史研究所所长、中国海上交通史研究会会长陈高华在《异境奇观——伊本·白图泰游记》（全译本）出版之前，在父亲的诚邀下，特馈赠序言一篇。他在序言中写道："承蒙译者厚意，此书正式出版之前我得以先睹为快。读后深感此书对于研究 14 世纪世界历史特别是当时中阿、中非的经济、文化交流具有很高的价值，同时也为研究伊本·白图泰这位中世纪伟大的旅行家提供了详尽的资料。""古代阿拉伯文献对于研究中阿交通、中西交通和海上丝绸之路都具有极其重要的价值，但不可讳言，我们对之所知甚少。《异境奇观——伊本·白图泰游记》的翻译问世，有填补空白的意义。我们应该感谢光斌先生为此付出的艰巨劳动，同时也要感谢海洋出版社为出版这部重要学术著作付出的努力"。

2003年7月21日，时任科威特驻华大使费萨尔·拉希德·盖斯与父亲是多年老朋友，他在为《异境奇观——伊本·白图泰游记》（全译本）所作的序言中这样写道："我荣幸地为译者从事的这项伟大工程撰写序言。这项工程不仅为他不平凡的学术成就锦上添花，而且从它向中国读者——占世界人口五分之一以上——介绍具有丰富的海陆游历和阿拉伯史来看，他也是对辉煌的阿拉伯史的一份了不起的贡献。

"译者做了最佳选择。他升华了阿卜杜勒·哈迪·塔奇博士编写、作序、述评的具有很高价值的作品，即《异境奇观——伊本·白图泰游记》一书。译者选择了伊本·白图泰这个人物向中国公众介绍，是因为此人及其冒险的游历于直接中国有关。伊本·白图泰600多年前来到中国，访问了泉州、杭州、广州和其他中国城市。译者还选择了最佳时机，用汉语（官方正式语言）出版这本译著。因为公元2004年恰逢伊本·白图泰诞生700周年。中国同阿拉伯国家之间的关系源远流长，早在伊斯兰教诞生以前就存在。世界上这两个重要地区的两种文明的交流互补，无论在任何情况下，都不能忽视，即便是在当前也不能无视它的影响。"

盖斯大使在序言中最后说，"我毫不犹豫同意撰写这一简短的序言，是基于以下原因：一、我为像伊本·白图泰这样的阿拉伯和伊斯兰人物骄傲；二、我了解和喜爱正在翻译的这本书；三、翻译这类书籍将为沟通中国和阿拉伯之间的文化与文明做出可贵的贡献；四、我非常熟悉译者本人及其学术水平。李光斌教授是位东方学学者。确切地说，他是位令人尊敬的阿拉伯学学者。他与科威特有着十分紧密的关系。1971—1979 年，他作为外交官在中国驻科威特大使馆工作。自 1987 年起，他在科威特驻华使馆担任译员和新闻工作者长达 14 年，直至 2001 年他决定专心致志于科研和翻译工作，但他仍与科威特使馆和大多数阿拉伯国家驻华使馆保持着密切的联系。值此，我对他为加强中阿人民之间的相互了解所作的忘我努力表示敬意。祝愿亲爱的中国的读者开卷有益，享受阅读"。

记得父亲在《伊本·白图泰中国纪行考》再版说明中写道："《异境奇观——伊本·白图泰游记》（全译本）在中国的问世是世界译坛的一件大事。这个译本是全世界第一个，也是唯一一个全文从阿拉伯语直接译成汉译的版本，读者圈在 14 亿人以上。这是世界翻译史上的划时代的事件。终结了世上无汉语译本的历史，改变了该书主人公曾经访问过中国却没有汉语全译本的极不正常的状况。它的翻译促进了阿拉伯学和伊本·白图泰学在中国的发扬光大，填补了海上丝绸之路研究的空白，加深了中摩之间、中阿之间、中非之间的历史文化关系。"

2005 年 6 月 15 日，摩洛哥王国科学院院士阿卜杜勒·哈迪·塔奇博士称赞说："该书是迄今为止最权威、最完整的版本。结束了世上没有汉语全译本的历史，具有重要的历史意义和学术价值。"

该书出版后，受到国内外学术界、翻译界与新闻界的广泛一致好评。因此，摩洛哥王国科学院、埃及开罗阿拉伯语言科学院将其收为馆藏书并为此举行了专题论坛。联合国教科文组织在巴黎就该书翻译出版与中摩、中阿、中非关系举行了演讲会，摩洛哥政府将其定为国宾礼品书，摩洛哥三大报纸发表了相关报道。在卡塔尔穆扎王妃的关怀下，在多哈举行的"海上与沙漠中的阿拉伯人"国际论坛上，由卡塔尔教育大臣库瓦里博士向此书译者李光斌教授颁发翻译奖。

2008 年 11 月 25 日，福建省泉州海外交通史博物馆举行了《异境奇观——伊本·白图泰游记》（全译本）的首发式。因为，中摩两国是在 1958 年 11 月 1 日建立外交关系，2008 年 11 月 1 日恰是建交 50 周年。所以，此书选在这个时期出版发行是有其深远意义的。

《伊本·白图泰中国纪行考》

铁木尔·达瓦买提在序言中写道："为了给历史留下一点精神财富，他甘于寂寞，苦心钻研，艰苦奋斗。终于，他在翻译研究过程中有所发现，有所感悟。因此，在翻译《异境奇观——伊本·白图泰游记》（全译本）巨著之余，写出了具有较高学术价值的《伊本·白图泰中国纪行考》一书。"

《伊本·白图泰中国纪行考》全面论述了伊本·白图泰访华的重要史实，更从海上丝绸之路的角度诠释了伊本·白图泰从摩洛哥到中国和亚非欧洲际游的意义。尤为重要的是，这部书纠正了流传世间的讹误考证与论点，证实了伊本·白图泰确曾到过中国的史实。特别是自 2009 年问世以来，受到了专家学者及广大读者的热烈欢迎。该书是中国伊本·白图泰学研究系列丛书之一，开启了中国伊本·白图泰学系列研究之先河。

我的父亲李光斌，在翻译、考证《异境奇观——伊本·白图泰游记》（全译本）过程中，产生很多心得体会，为此，他认为有必要将这些体会收集到一起，编辑成书。正所谓无心插柳柳成荫，《伊本·白图泰中国纪行考》被父亲称之为副产品。父亲说，我在翻译过程中试图运用历史唯物主义的观点和辩证的分析研究方法，在尽可能多地占有历史、地理、社会、宗教的材料的基础上，对这位中世纪的历史人物及其在华所见所闻的情况进行了全面地研究，得出了迄今为止最新的综合研究结论。这是中国东方学及伊本·白图泰学研究人员从 20 世纪初至今连续努力探讨的结果。但是，这份研究报告不是这一领域研究的终结，而仅仅是个开始。我的这一篇文字只能说抛砖引玉性质的试探而已。

《伊本·白图泰中国纪行考》共分三篇，上篇：伊本·白图泰与《异境奇观——伊本·白图泰游记》，全面介绍伊本·白图泰其人、其书、其事及其历史意义；中篇：伊本·白图泰中国纪行考，分30节分别介绍了伊本·白图泰在华期间的所见所闻及其真实性；下篇：结论与展望。

这些论述在学术意义上讲缺乏应有的深度与广度，甚至学术上的逻辑推理，所以只能叫作杂论。这篇杂论不是对《异境奇观——伊本·白图泰游记》的全面剖析、研究与评论，只是对该书的一小部分即访华部分进行探讨与评述。换句话说，这里没有评论伊本·白图泰的北非、西亚、南亚次大陆、撒哈拉沙漠以南非洲与欧洲的访问与旅游，只是对他生活的一小部分即他与元帝国的关系、他眼中的中国作了尝试性的评论。在充分肯定伊本·白图泰的历史功绩与贡献的同时，也指出了书中的瑕疵，而且对于世界上一些不公正的言论进行了批驳与更正。

在对待伊本·白图泰与马可·波罗的问题上，父亲认为，既不能为了强调伊本·白图泰而否定马可·波罗，也不能在肯定马可·波罗时而否定伊本·白图泰。他们二人都是伟大的中世纪旅行家，都为世界文化交流做出了自己的贡献。不过各有各的所长罢了。

父亲在《伊本·白图泰中国纪行考》序言中写道："中国有'西天取经'的神话，阿拉伯有'学问，虽远在中国，亦当求之'的圣训。翻开中阿关系史就会看到一系列闪烁光辉的名字，其中就有举世闻名的中世纪四大旅行家之佼佼者伊本·白图泰的名字。"

天涯路远有知音，伊本·白图泰与李光斌

伊本·白图泰被称为"摩洛哥旅坛骄子"，是阿拉伯游记文学的重要奠基人。李光斌是《异境奇观——伊本·白图泰游记》摩洛哥

阿拉伯文版全译本首译者。因为《伊本·白图泰游记》，因为翻译，因译介结缘，自此，伊本·白图泰和李光斌的名字在中摩友好历史上，永远联系在一起。

伊本·白图泰于公元 1304 年出生在摩洛哥古城丹吉尔的海滨城市，是一位伊斯兰教宗教人士。他不仅精通《古兰经》，而且谙熟伊斯兰教教法和圣训学。他会说柏柏尔语、阿拉伯语、印地语、突厥语和波斯语等多种语言，这为他环游世界提供了极大的方便。

纵观伊本·白图泰 74 年的生涯，近 30 年的环游世界旅程，占去了他成年后大半个人生，只身游历了亚非欧三大洲的 30 多个国家和地区，行程 12 万千米。回国后，用口述的形式将环游世界近 30 年的旅途生涯亲历所见，著书立说，在促进世界各文明对话，文化交流、科技传播方面做出了巨大贡献。

特别是他在近一年时间的中国之行中，作为德里素丹的钦差大臣前往中国完成亲善友好使命。他应邀到访过泉州、广州、杭州和北京（元大都），他以大量翔实的资料忠实地介绍了中世纪亚非欧各国的社会情况，特别是中国的情况。有些资料补充了世界史的不足与失却，有些甚至是独家掌握的弥足珍贵的历史资料。因此说《伊本·白图泰游记》具有世界价值，是一部讲述中世纪历史价值极高的百科全书，也是阿拉伯世界及西方国家的人们了解世界各国尤其是中国的一扇窗口，此书长期被各国学者奉为权威，加以引用。因此，伊本·白图泰不仅是穆斯林的最伟大的旅行家之一，也不仅是阿拉伯的最伟大的旅行家之一，而且是中世纪世界上最伟大的旅行家之一。因此，月球上南纬 7 度、东经 50 度的环形山是以"伊本·白图泰"的名字命名的。

《伊本·白图泰游记》是研究亚非欧各国史地和研究中阿关系史的宝贵文献。游记有关中国的部分，对加深阿拉伯人对中国的了解，增进中阿友谊，起了很大作用。因此，中国已故领导人周恩来总理 1963 年底访问摩洛哥王国时，曾要求哈桑二世国王安排他参观伊本·白图泰在丹吉尔的故居，以表达他对这位向阿拉伯世界介绍中国的摩洛哥旅行家的敬意。

时间进入 1999 年，阿拉伯国家驻华使节委员会考古工作组经过阿盟教科文组织的批准，授权李光斌将伊本·白图泰的《异境奇观——伊本·白图泰游记》根据摩洛哥王国科学院院士阿卜杜勒·哈迪·塔奇博士审定的权威版本五卷全文翻译成汉语，作为该考古工作组在华工作的一部分，以飨读者。

摩洛哥王国科学院的阿卜杜勒·哈迪·塔奇博士通过摩洛哥王国驻华使馆特命全权大使麦蒙·迈赫迪阁下，授权李光斌翻译由他本人审定的权威版本《异境奇观——伊本·白图泰游记》并赠予他一套书，共五卷。

有鉴于此，父亲被伊本·白图泰"读万卷书，行万里路"的人生励志精神所感动，加之 21 世纪的今天，国内尚无摩洛哥版《异境奇观——伊本·白图泰游记》的全译本，摩洛哥王国科学院院士塔奇博士亲自书面授权，父亲在耄耋之年，开始了他的译介生涯。

正如陆芸在 2012 年第 1 期《海交史研究》题为："随着伊本·白图泰的足迹游历中世纪的非洲、欧洲和亚洲——评李光斌翻译的《异境奇观——伊本·白图泰游记》"论文中所说，李光斌老先生翻译的《异境奇观——伊本·白图泰游记》是目前最完整的全译本，当我阅读此书时，好像是跟随伊本·白图泰游历中世纪的非洲、欧洲和亚洲。李光斌老先生不仅翻译准确，达到了"信""达""雅"的境界，而且注释详尽，在考据学上也颇有作为。

谈到译介《伊本·白图泰游记》，正如父亲在《异境奇观——伊本·白图泰游记》（全译本）翻译感怀一文中所言，"我为能在古稀之年得到这么一部极有价值的作品而不胜欢心，也为阿拉伯使节委员会和塔奇博士委托我翻译这部大作而感到无限光荣和自豪。我想，伊本·白图泰老先生泉下有知，当必为古老的华夏译介出版发行了世界上最权威的《异境奇观——伊本·白图泰游记》而感谢真主的关怀"。

"翻译这部书一直是我的梦想，也是我在阿拉伯语翻译领域里的追求。因为，我在 1957 年高中毕业时就曾立志做新时代的唐玄宗，将身化作友谊之桥，让国际友人自由往来。为实现这一理想，我奋斗了一生。

"当我终于可以放下这支笔，喘一口气的时候，我似乎更加体会到翻译的苦衷，也更加体会到苦而后甘的乐趣。同时体会到，在科学如此发达的今天，身体力行走这么一遭尚且困难重重，更何况伊本·白图泰远在 600 多年前，在机械交通不发达，伊本·白图泰生活的那个时代，我这点译介上的苦衷又算得上什么呢？与其相提并论呢？难怪《简明不列颠百科全书》给予他高度评价，称他是'在蒸汽机时代以前无人超过的旅行家'。"

伊本·白图泰留给我们的长篇游记《异境奇观——伊本·白图泰游记》在阿拉伯旅游文学宝库中是一部光辉闪烁的作品，开创了阿拉伯游记文学的先河，在世界之林中也占有很重要的地位，而且在中世纪涉及亚非欧的地理学、历史学、民族学、宗教学、民俗学、社会学、姓名学、地名学以及动植物学和海上交通史等方面独具慧眼，记录了许许多多鲜为人知的具体事例，是一部价值极高的百科全书式的名著。

翻译中，父亲发现，《异境奇观——伊本·白图泰游记》对各国的经济情况和物产也作了生动的描写。书中介绍了一些农业灌溉系统、农产品、工业产品、珍禽异兽和矿产等，也简单地谈到了某些经济关系的情况。因此，在研究中世纪的经济状况时，这部书不失为一部值得重视的宝贵资料。

在翻译过程中，父亲从一开始就本着认真负责、对史实、人物和地名本着求实精神，一丝不苟地对待每一个大大小小的问题，反复推敲，务求确切。在可能多地占有材料的基础上译研结合，力求完满，有所发现，有所提高，后续写出了《伊本·白图泰中国纪行考》一书，与此同时由海洋出版社出版发行。

原书是五大卷，现将译文装订成一册，不再分卷，为了符合中国读者的阅读习惯，《异境奇观——伊本·白图泰游记》（全译本）正文分为 17 章，并加了标题。这毫不影响读者阅读，不影响原意的表述。原书的小标题未作任何更改，全部保留。在某种意义上说，这给中国读者阅读此书带来了一些方便。

后　记

掩卷沉思，感慨良多。于我而言，甚感欣慰的是《〈伊本·白图泰游记〉在中国》中文版新书终于在中国和摩洛哥王国建交 67 周年纪念日之际付梓。

亦师亦友亦同道。在此，我首先想到要感谢的是，海洋出版社杨明老师的积极引荐；知识产权出版社责任编辑张荣老师积极组稿、审稿和编稿，以及对这部书的出版给予大力支持和悉心帮助；知识产权出版社董事长刘超、总编辑刘新民等有关社领导对本书出版也都给予了鼎力支持和热心关照。同时感谢上海外国语大学中东研究所副所长余泳博士的积极引荐，中阿改革发展研究中心专家委员会主任、上海外国语大学中东研究所名誉所长、教育部社科委综合研究学部委员朱威烈教授在百忙之中对晚辈的鼎力支持、费心帮助和真诚关怀，从学术的视角对书稿内容的肯定以及对书稿内容提出的有价值、有深度的建议和悉心指导，谆谆教诲，谓之师长，让我受益终身。让这部见证中摩友谊历史研究的著作得以问世。我相信，远在万里之遥的伊本·白图泰家乡的朋友们同我一样，对本书中文版在中国出版深感欣慰，让这一具有中摩史料、学术、传承价值的历史研究得以延续，在我们的手中世代传承下去。

从历史上说，摩洛哥与中国虽地跨亚非两大洲，远隔万水千山，但两国友好交往的历史却甚为悠久，且已屡见于我们的正史。早在公元 8 世纪，中国唐朝的杜环就到过摩洛哥。14 世纪时，中国的大旅行家汪大渊和摩洛哥的大旅行家伊本·白图泰几乎在同一时间进行过"互访"。

《伊本·白图泰游记》这部丰富翔实的旅行家传世之作，至今仍是中国学者研究元朝时中国与非洲国家的重要文史资料。《伊本·白图泰游记》英文版传入中国，从时间上看，距今已有百余年历史了。在《伊本·白图泰游记》中，字里行间清晰地记载了伊本·白图泰到访中国的亲历旅程。

对此，百余年间，中国的有识之士、专家学者纷纷拿起笔来，尤其是以张星烺、马金鹏、李光斌三位著名学者用"以文会友""译文会友"的方式，撰写论文、著书立说，译介详解这部享誉世界、传承友好的著作，对研究《伊本·白图泰游记》在中国的译介、研究和传播，写好中摩友好交流史有着不可忽视的重要意义。

为了完成这本书的写作工作，我查阅了大量中外文资料，由此加深了我对伊本·白图泰和其游记以及三位中国译介专家都有了更加系统的了解和认知。但由于种种原因，记载《伊本·白图泰游记》传入中国的史料，特别是中国学者系统地研究《伊本·白图泰游记》的各类文献资料相对缺乏。所以说，在中国搜集整理专家学者论述《伊本·白图泰游记》的论文和著作显得尤为重要，同时，我也感受到完成此书的难度要远远超乎想象。

但是，在中摩两国各界领导、前辈、师长及朋友们的鼎力支持和热心帮助下，我终于完成了这件具有历史意义和现实意义的工作。本书作为纪念伊本·白图泰诞辰 720 周年、《伊本·白图泰游记》问世 600 多年的一部专著，我谨以此书表达对摩洛哥大旅行家伊本·白图泰的无限景仰。同时，这部著作的问世，也让我终于完成多年来的心愿。

最后，我以现代中摩友好使者的名义向如下帮助过我的中摩各位师长、前辈和朋友们表示诚挚的谢意，感谢所有在我写作期间对我提供过帮助的朋友们（排名不分先后）：

北京大学外国语学院长聘副教授廉超群，海洋出版社编辑杨明，宁夏社会科学院名誉院长杨怀中，中国回族学会理事、马金鹏教授长子马博忠老师，杨进老师，李光斌教授长子中国国际教育电视台台长李世强、长女李警予、次子李世雄，中国伊斯兰教协会委员、中国伊斯兰教经学院前副院长哈吉·马哈茂德·马维芝教授之女、北京市国振律师事务所马国华律师，摩洛哥王国科学院院士、开罗阿拉伯语言科学院外籍院士阿卜杜勒·哈迪·塔奇博士，中国世界和平基金会主席、北京国际和平文化基金会理事长、中摩（伊本·白图泰）友好协会会长、北京和苑博物馆馆长李若弘教授，摩洛哥丹吉尔港口城市文化项目负责人、伊本·白图泰博物馆馆长拉贾·埃尔哈娜什女士（Mme Rajae EL HANNACH），埃及艾因夏姆斯大学中文系教授、埃及最高文化理事会翻译委员会成员、埃及国家翻译中心中文专家组成员、埃及著汉学家、翻译家、中国阿拉伯友好杰出贡献奖获得者、中华图书特殊贡献奖获得者穆赫辛·法尔加尼博士，摩洛哥哈桑一世大学教授、摩洛哥与中国研究中心院长、摩洛哥阿中友好协会会员福阿德·加兹尔博士，摩洛哥 Siroco Tours 旅行社总负责人 Alexandra Rego，摩洛哥 Sirocotours 旅行社中国区总代表徐攸（Thea），伊拉克驻华大使馆大使秘书杨欢、盛梓夏。

本书封面使用的伊本·白图泰雕像照片由摩洛哥丹吉尔伊本·白图泰博物馆馆长拉贾·埃尔哈娜什女士提供，谨致谢忱。

期待广大读者通过阅读此书能增进对《伊本·白图泰游记》在

中国译介的了解，同时，也希望更多有志于共建"一带一路"的朋友，从不同的角度，以不同的方式，去体会和感悟原著者、译介者、本书编著者、出版者用"以文会友、译文会友"的方式讲述 600 多年前中摩友好历史人物故事的良苦用心，让伊本·白图泰精神促进中摩两国和两国人民世世代代友好下去。

限于资料有限及本人水平不足，疏漏、纰缪之处在所难免，恳请学者、同仁、读者不吝赐教。

吴富贵

2025 年 1 月 8 日于北京